Bruno Pandolfi

Una storia italiana e una storia siciliana

Albatros

www.gruppoalbatros.com - info@gruppoalbatros.com

ISBN 978-88-306-6020-5
I edizione luglio 2022

Finito di stampare nel mese di giugio 2022
presso Rotomail Italia S.p.A. - Vignate (MI)

Distribuzione per le librerie **Messaggerie Libri Spa**

NuoveVoci
STRADE | NARRATIVA

Una storia italiana e una storia siciliana

PREFAZIONE

Un noto antropologo del Galles sosteneva che dal genere dei libri che vedeva nell'abitazione di una persona, era in grado di dedurne il carattere, la sensibilità e addirittura la sua affidabilità.

L'affermazione dello studioso anglosassone appare un poco esagerata, anche perché vi sono tanti altri fattori da considerare, come ad esempio il fatto che per molti il libro è soltanto un soprammobile, messo lì per completare l'arredamento e basta.

Ma una cosa è certa: il libro è un amico, un amico discreto e silenzioso, sempre pronto a tenerti compagnia quando lo desideri; non pretende nulla, non ti chiede nulla, sta lì, talvolta per anni, soltanto in attesa che tu lo chiami per una ricerca, per sollecitargli un ricordo, per un desiderio di evasione.

E quando ti ricordi di lui, non ti fa attendere; è pronto, puntuale e preciso.

Ma come tutti i prodotti dell'uomo, ha anche i suoi difetti, e si fa talvolta gioco di te raccontandoti falsità, come accade molto spesso nei libri di storia, ove la verità non è quella che ti viene raccontata, ma l'esatto contrario.

Con specifico riferimento alla narrativa, a giudizio di chi

scrive queste note, un romanzo o una novella dovrebbero avere sempre un fine morale ed educativo; dovrebbero essere un'esortazione e un invito al rispetto di valori inalienabili quali l'onestà, la lealtà, il rigetto della violenza e della prevaricazione, facendo capire al lettore che la fugacità della vita umana che, nell'immensità del tempo, è infinitesima, dovrebbe indurci a operare sempre nel bene, nella comprensione verso i nostri simili e nell'Amore.

Ed è appunto l'Amore il tema dominante e il protagonista assoluto delle due storie che presentiamo.

Buona lettura, caro Lettore!

UNA STORIA ITALIANA

(VIOLENZE E TENERI AMORI)

Questa storia si rivolge
a tutti coloro che sentono
ancora vivi nel proprio cuore
i valori del passato!

PRESENTAZIONE DEL RACCONTO

La vicenda che viene qui raccontata ripercorre la storia del nostro Paese tra il primo e il secondo conflitto mondiale, concludendosi quindi nei primi anni del secondo dopoguerra, quando cominciarono a venir meno tutti quei valori che avevano fatto grande l'Italia, come mai nei centosessantadue anni della sua storia unitaria.

Chi ha scritto questa novella ha vissuto in prima persona gran parte di quel periodo, per cui è in grado di fornire al lettore una testimonianza diretta e uno spaccato della vita di allora quale era nella sua effettiva realtà e non come viene rappresentata oggi.

Nonostante la scarsità di mezzi, la gente era serena e felice, perché le bastava quel poco che aveva; la vita era semplice e non sussistevano le molteplici difficoltà burocratiche che incontra oggi chi intende intraprendere una qualsiasi iniziativa.

Vi era grande moralità, pubblica e privata, un elevato senso del dovere, rispetto e solidarietà umana; e a dare l'esempio, prima di tutti gli altri, erano i rappresentanti delle istituzioni, nominati non per motivi politici, ma perché erano i cittadini migliori e come tali si comportavano, prodigandosi concretamente per il benessere di tutti, soprattutto coll'esempio personale.

Non godevano di privilegi, non usavano il potere per trarne vantaggi, non percepivano vitalizi e non si arricchivano a danno della collettività.
L'Italia era come una grande famiglia, unita da nord a sud, senza rivalità e campanilismi; la contrapposizione tra Piemontesi e la gente del Meridione, che aveva caratterizzato gli anni postunitari con profonde lacerazioni e feroci stragi da parte dei vincitori, era scomparsa.

Non c'erano la mafia, la camorra e le altre organizzazioni criminali che lo Stato prima e dopo di allora non è mai stato in grado di debellare, per paura, incapacità e purtroppo anche per collusioni colla malavita organizzata di uomini politici e talvolta perfino di esponenti della magistratura; si viveva tranquilli, in casa e fuori, tutti avevano l'opportunità di un posto di lavoro, la disciplina era più sentita che imposta, la giustizia era giusta, efficiente e celere, e l'Italia era rispettata da tutti!

Era stata realizzata una legislazione sociale tra le più avanzate al mondo, che dopo secoli di ingiustizie e vessazioni aveva dato dignità ai più maltrattati rappresentanti della classe lavoratrice come operai e contadini, non più sfruttati e considerati dei sottoposti ma parte fondamentale del mondo produttivo.

In questo contesto si svolge questa storia che, a meno di qualche particolare, è realmente accaduta; la principale protagonista è veramente esistita ed è rimasta per sempre nel cuore di quell'uomo che aveva iniziato ad amarla fin da ragazzino di un amore tenero, puro e nobile, e che l'amò per tutta la vita, nonostante tante avversità e fatti orrendi accaduti.

L'amore eterno appare oggi quasi un'utopia, è difficile che per un uomo o una donna il rispettivo partner possa essere l'unica persona a cui ci si sente legati per tutta la vita, ma la storia che narriamo dimostra che talvolta ciò può anche accadere.

Principali personaggi della prima parte

- *Gino Rusconi, l'agricoltore*

- *Carolina, la moglie di Gino*

- *Margherita e Amalia, le figlie di Gino*

- *Corrado Rivetti, il marito di Margherita*

- *Baldo Baldi, detto il "Brigantino", il vicino di casa*

- *Regina Baldi, la moglie del "Brigantino"*

- *Teresa Maria Rosaria Rusconi, detta Nella, la protagonista*

Principali personaggi della seconda parte

- *Remo Rigoni, l'innamorato di Nella*

- *Guido e Rosa Rigoni, i genitori di Remo*

- *Don Vittorino Furlan, il curato*

- *Claretta, la figlia adottiva di Margherita*

- *Marcello Firmani, il dottore*

- *Alessandro Carlino, l'ammiraglio*

PRIMA PARTE

1. GINO RUSCONI

Erano gli ultimi anni del secondo decennio del '900, la guerra era terminata da poco e in Italia la rivoluzione industriale cominciava a muovere i primi timidi passi, in forte ritardo rispetto a paesi quali la Gran Bretagna, la Francia, il Giappone e soprattutto gli Stati Uniti d'America, che erano all'avanguardia nel mondo; l'economia nel nostro Paese si fondava ancora quasi esclusivamente sulla produzione agricola che, pur non essendo ancora meccanizzata, ma basata soltanto sulla forza dell'uomo, era abbondante e di eccellente qualità.

Gino Rusconi faceva l'agricoltore come tanti altri e viveva colla sua famiglia in un paesino dell'entroterra toscano della provincia di Lucca, a pochi passi dal lago di Massaciuccoli e da Torre del Lago, i luoghi dove Giacomo Puccini aveva composto le sue opere immortali.

Aveva 42 anni ed era un lavoratore instancabile, di alta statura, col viso bruciato dal sole, le spalle larghe, folti e arruffati capelli neri, occhi chiari quanto mai vivi, e dotato di una forza erculea, temprata dal duro lavoro dei campi che svolgeva da quando era poco più di un ragazzo.

L'azienda agricola dove lavorava era di proprietà della sua famiglia da oltre due secoli, cioè da quando il proprietario del fondo, il marchese Giorgio Armando degli Estensi, lo aveva regalato a un antenato in linea diretta di Gino, in segno di gratitudine per la fedeltà mostratagli nel corso degli anni in cui era stato al suo servizio, oltre che per l'attaccamento al lavoro e le sue capacità.

L'azienda si estendeva su di un'area di poco più di cinque acri, ove la terra molto argillosa era particolarmente fertile e forniva prodotti di altissima qualità, ma richiedeva anche un lavoro duro e continuo.

Gino non aveva dipendenti, vi lavorava da solo, perché quel lavoro che svolgeva non gli pesava, ma soprattutto perché amava quella terra alla quale il padre e il nonno, e prima ancora di loro, i suoi progenitori, avevano dedicato la propria vita con immenso amore e capacità; vedere le sue piante che, grazie alle cure assidue che vi dedicava, crescevano tanto forti e rigogliose e producevano frutti eccezionali, costituiva per lui un'enorme soddisfazione e rappresentava il maggiore compenso che potesse ricevere.

Aveva sposato una compaesana di nome Carolina, che conosceva fin da quando era una giovane ragazza, anch'essa contadina e figlia di contadini, una donna buona, saggia e anche molto bella.

La donna avrebbe voluto dargli una mano nel lavoro dei campi, come peraltro faceva prima del matrimonio, ma il marito si era fermamente opposto dicendole che non l'aveva sposata per farla lavorare, ma per educare i figli e curare la casa; perché erano quelle le cose più importanti, quelle che contavano più di tutto e al resto avrebbe pensato lui, perché era suo dovere farlo.

All'epoca nelle famiglie tradizionali le consuetudini erano queste e Carolina assecondò i desideri di Gino, svolgendo le sue mansioni di "*madre di famiglia*", come si usava dire, con amore e dedizione, per cui il suo lavoro nei campi era limitato alla cura di un orticello, situato a ridosso dell'abitazione, dal quale ricavava eccellenti verdure che sapeva cucinare tanto bene, così come le aveva insegnato a sua volta la mamma.

Dal loro matrimonio erano nate due figlie, la prima delle quali si chiamava Margherita, e la seconda, di tre anni più piccola, Amalia.

Le ragazze erano belle come mamma Carolina, oltre che serie, ubbidienti e molto attaccate alla famiglia.

Margherita era di media statura, piuttosto esile, con occhi di colore chiaro, vivi ed espressivi, una carnagione vellutata, un visino da madonna e dei capelli castano chiaro, lunghi, lisci e di una lucentezza straordinaria, che portava spesso annodati in una treccia che le arrivava quasi alla vita; aveva un sorriso dolce e accattivante e, quando svolgeva le faccende domestiche, era solita canticchiare allegramente, con una voce intonata e squillante, le canzonette in voga all'epoca.

Amalia, un tantino più alta della sorella e un poco più in carne, le somigliava molto nel fisico, ma non nel carattere, perché, a differenza di Margherita, sempre allegra e col volto sorridente, era chiusa e taciturna; le piaceva molto leggere, ma i libri che vi erano in casa erano pochi e trattavano sempre gli stessi argomenti, come storie di avventure e di amori contrastati, di re, regine, principi e damigelle, di personaggi malvagi e senza cuore, e lei che li aveva letti e riletti tante volte, li aveva quasi imparati a memoria.

E prima di addormentarsi, se ne stava a fantasticare immaginandosi la protagonista di quelle storie.

Le sarebbe piaciuto studiare, ma all'epoca queste inclinazioni intellettuali delle donne non erano molto incoraggiate; avrebbe anche desiderato imparare a suonare il pianoforte, perché amava molto la musica per la quale sembrava avere una predisposizione naturale, ma il denaro messo da parte con amore e spesso anche con sacrificio dai genitori, giorno dopo giorno, non poteva essere usato per acquistare uno strumento musicale tanto costoso, ma doveva servire per costituire la dote che ogni ragazza di buona famiglia doveva portare al futuro marito, perché questa era la regola.

Gino amava molto la sua famiglia del cui benessere si faceva carico con gioia e il tempo che non dedicava al lavoro, come la domenica pomeriggio, non lo trascorreva fuori casa a bere e far baldoria cogli amici come facevano tanti altri, ma lo passava colla moglie e le figlie.

Erano quelli, per tutti loro, momenti di grande gioia, in cui ridevano, scherzavano, facevano progetti e talvolta parlavano anche di un futuro matrimonio delle figlie e Carolina, un po' per scherzo, ma soprattutto perché ne era profondamente convinta, diceva che il loro marito sarebbe dovuto essere se non proprio come il padre, perché era impossibile trovarne uno come lui, quanto meno una persona che gli si avvicinasse, perché le immense doti che possedeva il suo Gino certamente non poteva averle nessun altro, e continuava con una sfilza di elogi.

E il marito ascoltandola, sorrideva e le teneva strette le mani nelle mani.

2. CORRADO RIVETTI

Gino era un uomo rude, come tutti quelli che lavorano la terra, ma anche pacifico e tranquillo, rispettava tutti e pretendeva rispetto da tutti, soprattutto nei riguardi della moglie e delle figlie, e se qualcuno si permetteva di prendersi delle confidenze con loro, fare avances o approcci poco riguardosi, per il malcapitato erano guai seri; l'incauto che si era permesso di infastidire qualcuna delle sue donne veniva affrontato a muso duro e se le scuse che riceveva non erano pronte e non gli apparivano sincere, Gino sapeva mostrare molto bene i suoi muscoli.

Margherita e la sorella, per la loro bellezza, erano oggetto di ammirazione da parte di tutti i giovani del paese, che facevano a gara per attirarne l'attenzione, ma nessuno osava andare più in là di uno sguardo per timore della reazione del padre e poi perché era impossibile avvicinarle dato che esse non uscivano mai sole.

Corrado Rivetti era uno dei tanti che le desiderava, ma nel suo caso non per dare o ricevere amore, ma per ragioni meno spirituali.

Aveva venticinque anni, molto alto, forte, biondo e di bell'aspetto; era un narcisista, si compiaceva di se stesso, si ammirava allo specchio e dedicava molta cura alla sua persona; si riteneva irresistibile nei confronti delle donne che, secondo lui, dovevano sentirsi gratificate di essere oggetto delle sue attenzioni.

Anche se era vero che poteva suscitare attrazione nelle ragazze, in realtà poteva piacere soltanto a chi era del suo livello intellettuale, perché era quanto mai ignorante, fatuo, oltre che del tutto privo di sentimenti; per lui le donne rappresentavano soltanto un oggetto di piacere e quando aveva ottenuto il suo scopo e se ne era stancato, non esitava a liberarsene senza il minimo scrupolo.

Era riuscito a conseguire la licenza media, ma soltanto all'età di quindici anni, al termine di un percorso scolastico quanto mai penoso e travagliato, con due bocciature e senza mai avere ottenuto una promozione al primo scrutinio.

Quando al termine degli esami di licenza media furono esposti i quadri, e con la stretta sufficienza in tutte le materie Corrado ottenne quel diploma che gli era costato tanta fatica, i più felici di tutti furono i professori e il preside, che si erano liberati dopo cinque lunghi anni del peggiore allievo che la scuola avesse mai avuto, per mancanza di profitto, disciplina ed educazione.

Da allora non aveva voluto più proseguire gli studi e non faceva nulla, non aveva un lavoro né si era preoccupato mai di trovarne uno; passava la maggior parte del suo tempo a giocare a carte cogli amici nel caffè centrale della cittadina, parlando di donne, che erano il suo tema preferito, e delle sue conquiste, spesso inventate, di cui si faceva grande vanto.

Il padre era morto in un incidente sul lavoro quando lui aveva poco meno di dieci anni e da allora viveva solo colla mamma, la signora Cristina, che faceva la parrucchiera a domicilio.

La donna riusciva a portare a casa una quantità di danaro appena sufficiente per un'esistenza decente, per cui sarebbe stato molto utile per il ménage il contributo del figlio, che peraltro non avrebbe avuto difficoltà a trovare un impiego dato che era tanto forte, ma quando lei lo esortava a trovarsene uno, lui tergiversava e cambiava argomento.

La mamma lo manteneva dandogli di tanto in tanto un poco di danaro, e Corrado, senza provare vergogna di stare a suo carico, lo intascava come se fosse stato un suo diritto riceverlo e quando ciò che aveva avuto non gli bastava, ed era quasi sempre così, non si faceva scrupolo di andarlo a rubacchiare nella sua borsetta o nel cassettone dove ella riponeva la sera quanto aveva guadagnato durante la giornata.

Era molto accorta e precisa Cristina, che su di un quaderno a quadretti era solita annotare le entrate e le uscite della sua attività, per cui non aveva tardato a capire a chi erano dovute quelle continue sottrazioni di denaro che notava nei suoi conti.

Era fortemente addolorata del comportamento del figlio, perché, anche se faceva molta fatica ad ammetterlo, quell'atto denotava aridità di sentimenti e anche mancanza di schiettezza e lealtà verso di lei, che non cessava mai di fargli sentire il proprio immenso affetto; proprio per il suo amore di madre faceva finta di non accorgersene, perché lui era l'unica persona che le interessava e avrebbe fatto qualunque cosa pur di non vederlo scontento.

Corrado aveva adocchiato da tempo le figlie di Gino e in modo particolare Margherita, che l'attirava moltissimo non per le sue qualità morali che un individuo come lui non era in grado di apprezzare, ma per quel fisico fuori dal comune che aveva quella ragazza tanto avvenente, con la quale sognava di fare l'amore.

Quando la incrociava per strada, la ragazza era sempre assieme alla mamma; lui le sorrideva, cercando di dare un particolare significato al suo gesto, ma la ragazza, educata a non dare confidenza agli estranei, evitava sempre i suoi sguardi.

Voleva fortemente farla sua e rilevato che con tale modo di agire non riusciva a ottenere nulla, si propose di cambiare strategia, attuando altri metodi che dessero risultati più rapidi e concreti.

Un giorno, mentre stava come al solito seduto al bar a giocare a carte con i suoi amici, passò Margherita sotto il braccio della mamma; Corrado la indicò ai compagni e strizzando l'occhio, disse loro: «*Chi di voi è disposto a scommettere con me una birra che al massimo entro quindici giorni Margherita sarà mia?*».

In realtà si espresse in maniera molto volgare sia in riferimento alla ragazza, sia alle sue intenzioni; quindi, ritenendo di dire una spiritosaggine, fece un accostamento tra il nome della ragazza e il fiore, aggiungendo: «*Vedrete che saprò presto cogliere questa margherita*».

A questa insulsa battuta tutti risero, tranne uno dei suoi compagni che gli disse: «*Sono pronto a scommettere non una, ma dieci birre, che non sarai mai capace di farlo, perché se tu fossi così sconsiderato, il padre della ragazza ti ammazzerebbe di botte, caro il mio gradasso*».

Ma Corrado non stette ad ascoltarlo e di ciò si sarebbe pentito amaramente, perché quella sua improvvida decisione gli avrebbe cambiato l'esistenza, e nel modo peggiore.

3. LA VIOLENZA

Il gradasso, come lo aveva definito l'amico, era determinato a non perdere la scommessa, perché ne andava di mezzo il suo prestigio e poi perché quella ragazza così bella l'attraeva irresistibilmente, la sognava nelle sue braccia pronta a soddisfare ogni suo desiderio.

Cominciò quindi a studiare il piano da mettere in atto per portare a compimento la turpe impresa che aveva in mente e, per prima cosa, cercò di appurare quali fossero le abitudini della ragazza e quelle della famiglia.

Aveva notato che tutti i sabati il padre di Margherita si muoveva da casa di buon mattino con il suo furgoncino per recarsi al consorzio agrario che si trovava in città, dove avveniva la contrattazione e la compravendita di prodotti dell'agricoltura, e ritornava non prima delle due del pomeriggio.

Aveva ancora osservato che in quello stesso giorno molto spesso la mamma delle ragazze usciva la mattina intorno alle dieci con una delle due figlie, Margherita o Amalia, per fare qualche spesa in paese, mentre l'altra restava sola in casa.

Una volta assicuratosi che la situazione fosse effettivamente quella che aveva avuto modo di riscontrare, la mattina del sabato successivo si recò verso il podere dei Rusconi, che si trovava in una zona piuttosto solitaria alla periferia della cittadina, per mettere a punto il suo piano in ogni dettaglio.

La proprietà non era recintata, ma soltanto delimitata da una siepe continua di arbusti di piccola altezza, per cui poteva entrarvi chiunque senza alcuna difficoltà; in quella cittadina si conoscevano tutti e nessuno si sarebbe mai sognato di entrare furtivamente in casa d'altri.

Nell'avvicinarsi all'abitazione, Corrado ebbe la sorpresa di scorgere Margherita che, sull'aia davanti al fienile, canticchiando allegramente, prendeva della biancheria lavata da una tinozza e la stendeva al sole; gli sembrò che fosse sola, perché non si sentiva né si vedeva nessun altro.

Quella ragazzina con quel viso tanto allegro, colla camicetta bianca con le maniche rimboccate fino ai gomiti, l'ampia gonna a fiori, il fazzoletto colorato sulla testa e gli zoccoli ai piedi, lo faceva impazzire dal desiderio, così fresca e procace com'era.

Stette a guardarla per un po' e quindi, oramai certo che non ci fosse nessun altro, decise di anticipare i tempi ed entrare subito in azione per attuare i suoi turpi propositi.

Mentre Margherita, terminato il lavoro, si accingeva a entrare nel fienile accanto, le si accostò silenziosamente alle spalle, le mise una mano sulla bocca e la trascinò su di una balla di fieno, cominciando a palpeggiarla e a strapparle i vestiti di dosso.

La povera ragazza si sentiva soffocare da quella manaccia che le impediva di gridare, si dibatteva disperatamente cercando in ogni modo di resistergli, gli graffiò la faccia, le braccia e il torace, ma a un certo momento le mancarono le forze e lui le si gettò addosso e la violentò con bestiale brutalità.

Mentre lei giaceva a terra priva di sensi, Corrado afferrò l'indumento intimo insanguinato della ragazza, se lo infilò in tasca per poterlo mostrare agli amici come prova di quanto aveva fatto e scappò via.

Aveva la camicia lacera e sporca di sangue per i graffi ricevuti ma era pienamente soddisfatto di sé, anche perché ora sarebbe aumentato il suo prestigio presso gli amici.

Era inoltre sicuro di essere riuscito a non farsi scorgere da nessuno, per cui si sentiva certo di passarla liscia.

Ma per sua sfortuna non fu così, perché un contadino del podere vicino, di nome Baldo Baldi, detto "Il Brigantino" perché aveva fatto il servizio militare in Marina e amava trascorrere il tempo libero a pescare su di una barca a vela che aveva costruita lui stesso, lo aveva visto allontanarsi di corsa dalla casa e lo aveva riconosciuto; aveva anche notato che il giovane aveva la camicia lacera e il volto insanguinato.

4. LA REAZIONE DI GINO

Margherita restò in stato di semi incoscienza per circa un'ora, fintanto che assieme alla sorella ritornò la mamma, che nell'avvicinarsi all'abitazione restò sorpresa dall'insolito silenzio che regnava in casa; la figlia sempre tanto allegra e canterina questa volta non si sentiva; anche la cucina era deserta e non vi erano segni del pranzo che, come accadeva quando restava sola a casa di mattina, iniziava a preparare subito dopo mezzogiorno.

Girò dappertutto sempre più preoccupata e finalmente la trovò nel fienile dove era ancora a terra, con gli abiti laceri e semi nuda.

Resasi conto di quanto fosse successo, disperandosi e piangendo a dirotto, coll'aiuto di Amalia prontamente accorsa nel sentire le grida della mamma, riuscì a trasportarla su di una panchina vicina; la prese tra le braccia, cercando di rianimarla, e le chiese chi fosse stato a ridurla in quello stato.

E Margherita, che aveva cominciato a riprendersi, le rispose che non era riuscita a vedere il volto dell'aggressore perché era stata presa alle spalle e poi aveva perduto i sensi.

Quando Gino ritornò a casa e la moglie gli riferì quanto accaduto, venne preso da un'ira furibonda e giurò a se stesso che avrebbe scovato a ogni costo quel farabutto, non gli avrebbe consentito di passarla liscia e gli avrebbe fatto pagare a carissimo prezzo quell'atto immondo che, oltre a distruggere l'onore della figlia, rappresentava un'onta gravissima per tutta la famiglia.

Non stette a pensarci due volte e uscì come una furia da casa; la moglie, quanto mai preoccupata, lo raggiunse sulla porta dell'abitazione, e pur sapendo che il marito, anche se fuori di sé come non lo aveva mai visto prima di allora, non avrebbe mai compiuto atti inconsulti che avrebbero peraltro nuociuto alla famiglia, oltre che a se stesso, lo invitò alla cautela e alla prudenza.

L'uomo le fece un cenno per rassicurarla, lasciò al suo posto il fucile da caccia che usava tenere appeso dietro il portone di casa, inforcò la bicicletta e andò via.

L'arma non gli serviva, perché le sue mani aduse a impugnare la zappa e molto spesso anche lo scalpello per rompere le zolle di quella dura e arida terra argillosa, valevano molto di più della doppietta.

E poi riteneva che dovesse esserci una condizione di parità con la persona con cui si sarebbe scontrato e lui non voleva avere un vantaggio sull'altro.

Non tardò a scoprire ciò che voleva sapere, perché il *Brigantino*, dal quale si recò per primo, gli disse che aveva visto il figlio della signora Cristina allontanarsi dal fienile, correndo e col viso sanguinante.

Gino aveva avuto il sospetto che potesse essere stato lui, perché nessuno in paese era tanto farabutto e vigliacco da commettere un'azione del genere; non si fece ripetere due volte la cosa e andò via.

La casa dove abitava Corrado colla mamma era fuori paese, in aperta campagna sul lato opposto della cittadina, e quando vi arrivò era tutto silenzioso; si nascose dietro un albero a pochi metri di distanza e rimase ad aspettare.

Dopo poco meno di mezz'ora vide arrivare Corrado tutto trafelato, colla camicia lacera e il volto insanguinato.

Quando si accorse della presenza dell'uomo, era troppo tardi; gli si sbiancò il viso per il terrore e tentò di scappare, ma Gino lo bloccò prontamente, lo afferrò saldamente per i capelli e gli assestò un violentissimo colpo al mento, facendogli ripiegare le gambe su se stesso; lo riprese poi per il risvolto della camicia prima che cadesse a terra e gliene sferrò un altro, un altro e un altro ancora.

La sua mano pesante, ruvida e callosa di contadino era peggio di uno scudiscio e a ogni colpo gli occhi di Corrado andavano sempre di più spegnendosi, perdeva sangue dal naso e non riusciva più a respirare; non si fermava più Gino, continuava con feroce determinazione a colpirlo dappertutto, e a un certo momento, con un pugno più violento degli altri scagliato in pieno viso, gli procurò la lesione del setto nasale facendogli saltare anche due denti anteriori.

Sotto quell'incessante sequela di colpi, il volto del giovane aveva assunto un aspetto penoso e patetico allo stesso tempo; sembrava un pupazzo nelle mani di un burattinaio che faceva di lui quello che voleva e nonostante avesse un fisico forte e tanti anni meno di Gino, era incapace di reagire, tremava, ansimava, piangeva e, inginocchiato, invocava pietà.

E a un certo momento, per cercare in qualche modo di

placare l'ira dell'uomo che non cessava di massacrarlo, riuscì a dire che amava Margherita e avrebbe voluto sposarla.

A questa uscita di Corrado, Gino si fermò un istante e guardandolo sorpreso e disgustato allo stesso tempo, gli disse: «*Schifosissimo verme, come puoi pensare di entrare a far parte di una famiglia onorata e perbene come la mia? Come si permette di fare una tale richiesta un parassita, una nullità, un incapace e uno sfaccendato come te? E poi vorrei capire come faresti a mantenere una famiglia, se non hai il becco di un quattrino e non sai fare niente se non giocare a carte con gente miserabile come te; tu sei indegno di vivere, sei un vigliacco che aggredisce chi non può difendersi; non potresti stare neanche in una porcilaia, perché faresti schifo anche ai maiali, e se non ti ammazzo è soltanto per non dare un dolore a tua madre, che non meritava di avere un figlio come te*».

Aggiunse quindi: «*Stai lontano da me e dalla mia famiglia, perché se dovessi capitarmi ancora tra i piedi, ti farò rimpiangere di essere nato*».

Gli sferrò quindi un calcio nel basso ventre, gli sputò addosso, inforcò la bicicletta e andò via, mentre Corrado giaceva a terra piangendo e urlando per il dolore.

5. LA DECISIONE DEI GENITORI DI MARGHERITA

Carolina era una donna ignorante, ma anche molto assennata e il marito l'ascoltava, perché aveva molta considerazione di quanto lei diceva e tutte le decisioni di famiglia venivano prese sempre di comune accordo, dopo averne a lungo discusso tra di loro.

Quella notte, dopo la tremenda giornata trascorsa, quando restarono soli si rivolse al marito: «*Al punto in cui siamo, io penso che purtroppo Margherita dovrà sposare quel farabutto, perché se dovesse nascere un figlio sarebbe considerata dalla gente come una poco di buono, e una ragazza madre non troverà mai qualcuno che la sposerà; il bambino dovrà avere un padre regolare come tutti e Corrado non può sparire dalla circolazione come se nulla fosse successo e riprendere la vita di prima, come certamente vorrebbe fare; dovrà andare a lavorare come fanno tutti, ammazzarsi di fatica, guadagnarsi il pane con il sudore della fronte e non vivere a sbafo, come ha fatto finora*».

Gino l'ascoltò pensieroso e poi, dopo molte perplessità ed esitazioni, dovette convenire colla moglie che non vi erano purtroppo alternative e le disse: «*Se pensi che questa sia l'unica cosa da fare, non mi opporrò, però non intendo più vederlo, perché se l'incontrerò un'altra volta gli darò una lezione anche peggiore di quella che ha avuto*».

Aggiunse quindi: «*Per quanto riguarda il lavoro da fargli fare, ne parlerò con un mio cugino che fa il capo operaio nelle cave di marmo di Carrara, nel caso avessero bisogno di un uomo di fatica».*

Questa decisione di Gino e Carolina, presa certamente con le migliori intenzioni ma ignorando del tutto i sentimenti e la volontà della figlia, neppure interpellata per esprimere il proprio pensiero su di un fatto che la riguardava direttamente, avrebbe determinato una tragica conclusione.

Anche in una famiglia come la loro, ove regnava amore e concordia, all'epoca il destino dei figli veniva deciso dai genitori, e non dai diretti interessati.

Margherita dovette pertanto sposare Corrado, e questi, obtorto collo, fu costretto ad andare a lavorare, facendo per di più un mestiere quanto mai duro e sfiancante, cioè lo spaccapietre nelle cave di marmo delle Alpi Apuane.

Nel corso della cerimonia nuziale, svoltasi di primissima mattina in una chiesetta fuori paese alla sola presenza del celebrante col sacrestano, delle due mamme e di due testimoni, Margherita si limitò a un fugace saluto alla futura suocera, ma non rivolse mai lo sguardo a quell'uomo che stava per diventare suo marito.

6. LA VENDETTA DI CORRADO

Dopo le nozze, Corrado e Margherita non andarono ad abitare in casa dei Rusconi, ma in una cascina poco lontana; vivevano però in camere separate e la moglie provvedeva soltanto a fargli da mangiare e alla cura della sua biancheria e degli abiti.

Come aveva temuto la mamma, a seguito della violenza subita Margherita era restata incinta e dopo nove mesi era nata una bambina; le fu dato il nome di Teresa Maria Rosaria, come la nonna materna, la madre di Carolina, ed era bellissima come Margherita, aveva gli stessi occhi vivi, intelligenti e dolci allo stesso tempo e, per sua fortuna, non somigliava in niente al padre.

Corrado, pur ovviamente senza manifestarlo, restò molto male per la nascita di Teresa, perché quella bambina rappresentava un vincolo che lo teneva legato ancora di più a quella famiglia che detestava, e soprattutto a quell'uomo che lo aveva massacrato e che ora lo costringeva a svolgere quel lavoro che gli costava tanta fatica.

Pensava che se non fosse nato un figlio forse a poco a poco si sarebbe potuto allontanare da loro e, se non proprio riprendere la vita di prima, quanto meno non andare a fare quel lavoro massacrante che svolgeva a Carrara.

Dopo quelle tremende mazzate ricevute dal suocero, ora

non aveva più forza ed era un immenso tormento anche soltanto tenere in mano quel pesante piccone con cui estraeva il marmo.

Ma, cosa ancora peggiore, quei colpi ricevuti, oltre a procurargli sfregi permanenti che gli avevano cambiato l'aspetto fisico, gli avevano procurato anche un trauma cerebrale che gli aveva ridotto le capacità intellettive e anche la possibilità di stare con una donna.

Anche se quella violenza a Margherita e l'onta gravissima arrecata alla sua famiglia ne giustificavano la reazione, Gino, accecato dall'ira da cui era stato preso, aveva certamente ecceduto, perché aveva ridotto Corrado in condizioni penose, facendolo diventare quasi un mostro con quelle orrende cicatrici che gli deturpavano la faccia, i due denti saltati e il naso storto.

Viveva in un perenne stato di terrore e durante la notte gli capitava spesso di svegliarsi in un bagno di sudore dopo aver sognato il suocero che lo massacrava, e dopo questo incubo stentava a riprendere sonno e il giorno dopo si sentiva più stanco di quando si era coricato, era sfinito e incapace di affrontare una giornata di lavoro.

Nella sua mente malata cominciò lentamente a maturare l'idea di liberarsi del suocero, di quell'uomo che giudicava infernale, che gli aveva cambiato i connotati e lo aveva tanto umiliato; pensò di fuggire, lasciare la figlia e la moglie colla quale, dopo quell'orrenda violenza, non aveva avuto più rapporti. Voleva scomparire per sempre, scappare assieme alla mamma, andarsene lontano, magari in America o in qualche altro paese il più distante possibile, perché non ce la faceva più a stare in quel continuo stato di paura e di agitazione.

Ma questo proposito era inattuabile, perché non aveva soldi sufficienti, anzi non ne aveva affatto e quei pochi che aveva la mamma non bastavano neanche per un viaggio di pochi chilometri.

Dopo avere pensato e ripensato nelle notti insonni a cosa dovesse fare, prese la decisione peggiore e architettò un piano diabolico per levarsi definitivamente di torno il suocero, quell'uomo che detestava.

Un giorno in cui non vi era nessuno in casa, entrò nel fienile dove era custodito il trattore del padre di Margherita e allentò alcuni bulloni che reggevano l'apparecchiatura che serviva a dare stabilità all'automezzo nelle manovre.

Allorché la mattina dopo Gino salì sul trattore per iniziare il consueto lavoro nei campi, mentre si accingeva a partire il pesante mezzo si ribaltò e lui rimase schiacciato cessando di vivere all'istante.

Il primo ad accorgersene fu il *Brigantino* che era andato da lui di prima mattina per restituirgli una roncola che gli era stata prestata, e si rese conto subito che per il suo amico non c'era purtroppo più nulla da fare; restò impietrito vedendo così senza vita e colla testa così orrendamente sfracellata quell'uomo che sembrava scavato nella roccia, tanto era alto e possente, e a cui era tanto affezionato. In quel momento tremendo pensò anche all'immenso dolore che avrebbero provato la moglie e le figlie.

Si chiedeva come fosse potuto accadere un incidente del genere a una persona come Gino, che oltre a essere un ottimo agricoltore era anche un esperto meccanico, molto attento e accurato nel verificare ogni cosa; gli sembrava impossibile che non si fosse accorto che qualcosa non andava nel funzionamento del mezzo.

La cosa gli suscitava molte perplessità e dubbi, ed ebbe il sospetto che potesse essersi trattato di un fatto intenzionale eseguito da qualcuno che voleva fargli del male; e in quel momento pensò anche che potesse essere stato Corrado, quel farabutto che aveva violentato la figlia del suo amico.

Era incerto fortemente sul da farsi, ma poi decise di far avvertire la famiglia di Gino dalla moglie Regina, mentre lui si recava dai Carabinieri per denunziare il fatto; inforcò la bicicletta e corse in paese.

Anche per il comandante della locale stazione dell'Arma la notizia di quanto accaduto costituì un immenso dolore, perché conosceva da sempre Gino che considerava una delle persone migliori del paese, per la sua rettitudine, l'attaccamento alla famiglia e al lavoro.

Ascoltò con attenzione quanto gli riferì il *Brigantino* e le sue perplessità sulla possibile dolosità del tragico fatto e ordinò al suo sostituto di informare immediatamente dell'accaduto il Procuratore del Re, come si chiamava all'epoca il magistrato inquirente; quindi con due sottoposti si recò sul luogo dell'incidente.

Arrivato sul posto scattò molte fotografie e dopo aver fatto ricoprire con un lenzuolo il corpo maciullato di Gino provvide a far transennare l'intera zona, impedendo l'accesso a tutti; procedette quindi a mettere il mezzo sotto sequestro per le indagini di cui si sarebbe occupato il consulente tecnico nominato dal Tribunale.

Regina, la moglie del *Brigantino*, incaricata dal marito di informare Carolina di quanto accaduto, si sentiva male al solo pensiero di doverle dare una così tragica notizia, che aveva sconvolto moltissimo anche lei.

Le era molto affezionata, così come a Margherita e ad Amalia delle quali era stata comare di battesimo e che amava come figlie, anche perché non aveva avuto la gioia di averne.

Gino poi lo conosceva da una vita, i loro genitori erano stati molto legati, e lui era il punto di riferimento per tutti in quella cittadina; si prodigava sempre per aiutare chi avesse bisogno di qualcosa, dava saggi consigli e talvolta faceva anche da paciere in qualche controversia che nasceva tra i paesani.

Si raccomandò al Signore perché le desse la forza necessaria e si recò in casa di Carolina.

Nel vederla a quell'ora del mattino e in uno stato così palesemente angosciato, la donna le andò incontro preoccupata e, colla consueta affettuosità, chiese cosa mai fosse accaduto; e la moglie del *Brigantino*, abbracciandola e piangendo a dirotto, le disse dell'incidente occorso al marito e della tragica conclusione.

Carolina pensò in un primo momento che si trattasse di Baldo, il marito di Regina, e si affrettò a manifestarle il suo cordoglio, ma subito dopo si rese conto che non era stato il *Brigantino* a subire quell'orrenda fine, ma il marito, ed emise un urlo straziante: «*Ma che stai dicendo? Non è possibile, non ci credo, Gino non può averci lasciato, perché sa che la nostra vita senza di lui non vale niente. Iddio non può punirci in questo modo, perché non lo meritiamo e soprattutto non lo merita lui che è l'uomo più buono del mondo. Voglio vederlo, voglio andare subito da lui e se davvero è morto come dici, voglio morire anch'io».*

La povera Carolina aveva perso completamente la ragione per l'immenso dolore; urlava, si disperava, era inebetita, diceva frasi sconnesse e non riusciva neanche a reggersi più in piedi.

Regina dovette tenerla fortemente stretta a sé per evitare che cadesse; poi con molta fatica riuscì a farla sedere su di una panchina vicina, e lì Carolina venne adagiata restando priva di sensi.

Alle grida della mamma accorse Amalia e dopo poco Margherita, e sentendo cosa era avvenuto restarono anch'esse incredule, colpite da un dolore immenso; la vita senza il loro papà che le colmava di affezioni e che lavorava tanto duramente per il benessere della famiglia era finita, e si chiedevano cosa avrebbero fatto ora che erano rimaste sole.

Dopo quella terribile mazzata per l'orrenda violenza subita da Margherita, si aggiungeva ora un fatto ancora peggiore che privava quella famiglia così unita e felice di quell'uomo che era stato un marito e un padre esemplare!

7. LE INDAGINI, IL PROCESSO E LA SENTENZA

Il consulente tecnico nominato dal magistrato era un perito elettromeccanico di Lucca di nome Rino Russo, che godeva della fiducia dei giudici del Tribunale che ricorrevano a lui soprattutto quando si trattava di casi particolarmente difficili.

Era molto esperto e non trascurava alcun dettaglio, per minimo che fosse, solerte nello svolgimento del suo lavoro e attento a ogni particolare.

Dopo aver esaminato attentamente il trattore, rilevò che i bulloni risultavano allentati e restò molto perplesso, perché una cosa del genere certamente non poteva essere sfuggita o essere attribuibile alla distrazione di chi si accingeva a usare quel mezzo, e soprattutto un esperto e accorto meccanico come gli avevano riferito fosse stato Gino, perché poteva implicare conseguenze gravissime, così come in effetti era stato.

Era molto probabile che ci fosse stata intenzionalità da parte di qualcuno che lo aveva fatto di proposito, e in considerazione del dubbio che aveva, fece presente al magistrato che prima di proseguire le indagini era opportuno far rilevare dal reparto di polizia scientifica le impronte digitali sui dadi.

Fu una richiesta quanto mai opportuna quella avanzata dal perito, perché dall'esame effettuato risultò che le impronte sui bulloni erano proprio di Corrado, per cui questi, anche sulla scorta di altri elementi emersi nel corso delle indagini, fu sottoposto a detenzione cautelare in attesa di giudizio, coll'accusa di omicidio volontario aggravato dalla premeditazione.

All'epoca la giustizia era celere ed efficiente, per cui trascorsero soltanto poche settimane ed ebbe inizio il processo.

La signora Cristina era quanto mai avvilita e addolorata; non poteva credere che il figlio avesse compiuto di proposito quella cosa orrenda. Si sforzava di pensare che lo aveva fatto soltanto per vendicarsi delle umiliazioni subite, ma certamente non con l'intenzione di ucciderlo, perché a suo avviso, Corrado, con tutti i suoi difetti che perfino lei che lo amava tanto non poteva non riconoscere, era incapace di un'azione del genere.

Doveva assolutamente salvarlo, cercare di farlo scagionare, e per la sua difesa in tribunale si affidò, su consiglio di una cliente, a un anziano penalista di nome Augusto Ferraro, un avvocato abile ma quanto mai esoso.

Era questi un ometto esile, di piccola statura, di origini campane, che si era dovuto allontanare da molto tempo da Napoli perché si diceva essere sospettato di collusioni colla malavita locale.

Aveva una folta e disordinata capigliatura grigiastra che gli arrivava quasi alle spalle, le guance infossate, gli zigomi sporgenti e un pizzetto bianco. Sembrava un furetto per lo sguardo acuto, gli occhi nerissimi e la rapidità con cui si muoveva

e parlava; e secondo il costume di molti penalisti di origine meridionale perorava la causa dei suoi clienti gesticolando e urlando per dare maggiore forza alle proprie argomentazioni.
Per assumere il patrocinio di Corrado aveva richiesto un onorario elevatissimo, pari a circa 25.000 euro di oggi, chiedendone il pagamento quasi tutto anticipato.

La signora Cristina, non disponendo di una tale cifra, per poter fare fronte a questa richiesta aveva dovuto impegnare i pochi oggetti di famiglia che avevano un qualche valore, tra cui due candelabri d'argento che le aveva donato la mamma per il matrimonio e addirittura la fede nuziale, la sua e quella del marito.

E poiché il ricavato non era ancora sufficiente per pagare l'esosa parcella, aveva dovuto fare ricorso a un usuraio che aveva preteso un interesse del 10% al mese.

Ma dal suo punto di vista ne valse la pena perché alla fine, dopo un acceso dibattimento in cui l'avvocato Ferraro, mettendo in atto la sua usuale abilità, aveva sostenuto l'inconsistenza delle accuse a carico del suo cliente e privo di legalità l'accertamento delle impronte digitali sui dadi, essendo stato eseguito senza la presenza del perito di parte, così come dovuto, Corrado venne assolto tra lo stupore di tutti.

In effetti l'unico vero motivo che avrebbe potuto e dovuto scagionarlo da quella infamante imputazione era lo stato di infermità mentale in cui si trovava a seguito dei traumi cerebrali provocatigli dal suocero, ma l'avvocato non ne fece cenno, perché se fosse stata riconosciuta valida questa motivazione Corrado sarebbe stato automaticamente rinchiuso in una clinica psichiatrica, se non addirittura in manicomio.

La sentenza di assoluzione fu però quanto mai dubbia, perché recitava così: «*Non sono state raccolte prove certe e sufficienti della colpevolezza del Rivetti, pur essendosi riscontrati forti indizi che lo indicano come l'unico possibile autore dell'efferato delitto*».

Era una decisione alquanto strana e ambigua quella presa dal giudice perché, pur riconoscendo la non casualità dell'incidente, veniva disinvoltamente tralasciato l'accertamento del colpevole, cosa che ovviamente andava fatta; ma lo fu ancora di più il comportamento del Pubblico Ministero, che avrebbe dovuto impugnare la sentenza chiedendo un supplemento di indagini e che invece si astenne dal presentare appello.

Come era accaduto tante altre volte, l'avvocato Ferraro aveva avuto partita vinta, non tanto per le sue argomentazioni, ma per i rapporti di amicizia che sapeva accortamente mantenere con quel rappresentante della Pubblica Accusa e col magistrato giudicante!

8. LA DEFINITIVA SEPARAZIONE

Dopo l'assoluzione, Corrado non andò più a lavorare in quelle cave di marmo e questa volta con ragione, perché gli mancavano le forze per svolgere qualsiasi tipo di attività e soprattutto quel lavoro massacrante che svolgeva nelle cave di marmo di Carrara.

Alternava momenti di quasi lucidità mentale ad altri in cui perdeva completamente la ragione, e allora si scatenava come un pazzo ed erano guai per tutti; gridava e inveiva contro chiunque, ma particolarmente nei riguardi della povera Margherita che era l'oggetto principale delle sue sfuriate e che non esitava talvolta a picchiare, attribuendole la colpa di tutti i guai che gli erano capitati.

Quella casa in cui aveva regnato l'amore, la comprensione reciproca e la gioia di stare insieme era diventata un inferno, e a un certo momento Margherita, esasperata, si recò dai Carabinieri con il volto che mostrava i segni delle percosse ricevute dal marito.

E questa volta Corrado non se la passò liscia, perché il magistrato accolse la richiesta di separazione legale e diffidò l'uomo dal frequentare la casa.

Sentenziò inoltre che, per i suoi comportamenti nei riguardi dei familiari, la figlia, sulla base di una disposizione in vigore all'epoca, aveva la facoltà di cambiare cognome, assumendo quello della madre, per cui non si sarebbe chiamata più Rivetti, ma Rusconi come la mamma.

All'epoca non esisteva il divorzio e la fine del rapporto coniugale poteva avvenire soltanto a seguito di una sentenza di annullamento della *Sacra Rota*, ma si trattava di una procedura lunga, complessa e dispendiosa e Margherita non disponeva di una somma tanto elevata; e poi la cosa non le interessava, perché dopo quell'infelice rapporto un nuovo matrimonio era l'ultimo dei suoi pensieri.

Finiva pertanto nel peggiore dei modi un rapporto coniugale che non aveva mai visto momenti di amore, un'unione in cui il capofamiglia non aveva mai avuto un'attenzione o rivolto una parola gentile ai propri familiari; un rapporto nato con un atto perpetrato con brutale violenza e che terminava con un'azione addirittura più orrenda.

Margherita non avrebbe rimpianto un solo istante gli anni vissuti col marito, con quell'uomo violento, arido, incapace di affetto, privo di umanità, che non aveva mai amato e che era stata costretta a sposare soltanto perché le era stato imposto, senza essere stata neanche interpellata per esprimere i propri sentimenti.

L'unico aspetto positivo di questa unione era stato la nascita di Teresa, quella bimbetta tanto dolce e cara che aveva avuto nonni materni splendidi, una mamma quanto mai amorevole, ma che non aveva mai potuto godere dell'affetto paterno.

Corrado scomparve definitivamente dalla loro vita e ritornò da mamma Cristina, che riprese a coccolarlo come faceva con lui quand'era bambino e che tale era ora diventato dopo quanto accaduto.

Quell'orrenda azione compiuta gli era costata moltissimo sotto tutti gli aspetti: aveva perduto quel bell'aspetto che aveva, la compagnia degli amici, era diventato poco più di un vegetale e non poteva neanche avere il conforto di una donna, perché la lezione datagli dal suocero gli aveva anche tolto questa capacità.

Carolina, colle figlie e la nipote, non sentendosi di continuare a stare in quel paese che pure tanto amavano ma che ricordava loro tanti fatti tristi, vendette il podere e l'abitazione, andandosene a vivere in un paesino di mare in provincia di Livorno.

SECONDA PARTE

1. IL BORGO TOSCANO

Regnava un'atmosfera di pace quasi irreale in quel ridente borgo marinaro della provincia di Livorno ove si era trasferita la famiglia Rusconi dopo aver lasciato il suo podere.

Il litorale sabbioso era lambito dalle acque di un bellissimo mare azzurro le cui onde, spinte dal vento spesso impetuoso che imperversava in quella zona, andavano a infrangersi sulla scogliera antistante la banchina del piccolo porticciolo di pescatori, creando un'effimera, splendida spuma bianca e facendo sentire un inebriante odore di salsedine, caratteristico della costa tirrenica, e un boato continuo che scandiva il tempo di quel tranquillo piccolo borgo della Toscana.

Era una cittadina pulita, ordinata e ben tenuta, con caseggiati bassi e tante viuzze alberate che s'intersecavano tra di loro come il reticolo di un graticcio, dove lavoravano pescatori, agricoltori e piccoli commercianti; aveva poco più di duemila abitanti, ma durante il periodo estivo, e particolarmente nei mesi di luglio e di agosto, il numero dei residenti aumentava moltissimo, perché numerose erano le famiglie che vi si recavano per le vacanze estive.

Erano persone di modeste condizioni economiche quelle che frequentavano quel borgo marinaro, perché al di fuori delle straordinarie bellezze naturali che lasciavano incantati coloro che lo visitavano non vi era nulla che potesse attirare l'interesse di chi cercava una vita brillante ed elegante.

Non vi erano alberghi o ristoranti di lusso, ma soltanto modeste pensioni, trattorie e locande a conduzione familiare, e la maggior parte di coloro che vi si recava per le ferie alloggiava per lo più in case private lasciate libere per l'occasione dai proprietari che in quel periodo se ne andavano a vivere altrove; quei villeggianti erano per la maggior parte famiglie con bambini, ai quali i genitori volevano dare i benefici del sole e di quel mare splendido, con una spesa contenuta, adeguata ai loro modesti redditi.

Per molti, quel poco che spendevano costituiva il sacrificio di un anno di privazioni, ma i benefici che ne ricevevano i loro figli erano tanti che affrontavano con gioia quelle rinunce.

2. LA NUOVA CASA DEI RUSCONI

In quel paesino di mare andarono a vivere Carolina con i suoi familiari, e col danaro ricavato dalla vendita del podere fu acquistata una piccola casetta.

Era stato un vero colpo di fortuna trovarla, perché il costo era stato estremamente conveniente in quanto il proprietario, un impiegato delle Poste, era stato trasferito in una cittadina del Sud e doveva raggiungere d'urgenza la sua nuova sede.

La nuova abitazione, situata alla periferia del paese, in prossimità di una splendida pineta, era costituita da un piccolo fabbricato unifamiliare inserito in un'area di poco più di trecento metri quadrati, recintata da un muretto con sovrastante ringhiera in ferro; era formata da un piano fuori terra, rialzato di cinque scalini rispetto alla quota esterna, e da un locale parzialmente interrato di circa due metri di altezza, cui si perveniva da una scala interna.

Alla casetta si accedeva attraverso un vialetto della larghezza di poco più di un metro, ricoperto di ghiaia e delimitato da due cortine di mattoni rossi posti di coltello; per il resto era soltanto terra incolta, ma Carolina, che da brava moglie e figlia di agricoltori sapeva riconoscere la bontà di un terreno, capì che in quel poco che circondava l'edificio avrebbe potuto impiantare qualche albero da frutta e creare un ottimo orto, così come aveva fatto nella vecchia casa.

Poiché i quattrini rimasti dopo l'acquisto della proprietà erano pochi, Margherita e la sorella Amalia, educate dai genitori a fare tante cose, si adattarono a eseguire lavori sartoriali, come aggiusti e rammendi, e la piccola Nella, come chiamavano in famiglia Teresa, dava loro una mano e, durante i mesi estivi, quando ne aveva l'occasione, faceva la bambinaia, la babysitter come si dice oggi, curava cioè qualche bimbo di villeggianti percependo un compenso che, anche se modesto, contribuiva in qualche modo a rendere più confortevole la loro vita.

In quella piccola famiglia vi era da poco un'altra componente, perché era entrata a farne parte una ragazzina di due anni più piccola di Teresa che Margherita, per un voto fatto al suo santo protettore, aveva preso da un orfanotrofio e adottato come figlia.

Si chiamava Claretta quella bambinella ed era stata accolta da tutti con immenso amore, perché si faceva volere bene per la sua dolcezza, la remissività e la bontà; era servizievole e ubbidiente e Teresa la considerava la sua sorellina.

Dava anche lei il suo contributo al ménage familiare perché *nonna Carolina*, come era diventata oramai per lei la mamma di Margherita, le aveva insegnato tante cose, tra cui eseguire lavori a maglia, e la piccola Claretta aveva presto imparato a farli; era diventata in poco tempo molto brava e i maglioni, le sciarpe e i cappellini che eseguiva erano molto ricercati perché bene eseguiti e costavano poco.

Nella aveva ora quindici anni ma era già nel pieno della femminilità: era esile, semplice, bella come la mamma e la nonna materna, dai tratti fini e gentili, occhi scuri vivi e intelligenti e dei bellissimi capelli castano chiari, lisci e lucenti, divisi da una scriminatura centrale, che portava quasi sempre annodati a *coda di cavallo*.

Vivevano tutto sommato decorosamente e, anche se non avevano dimenticato l'immane tragedia passata, ora che erano andate via da quel posto in cui avevano tanto sofferto erano riuscite a poco a poco a riprendere una certa serenità, perché nella loro piccola famiglia, nella quale nessuno faceva qualcosa che potesse dispiacere agli altri, regnava un immenso amore.

Erano molto unite, amavano starsene a casa e uscivano soltanto quanto era strettamente necessario, perché nella loro abitazione, piccola ma confortevole, stavano benissimo, e non volevano frequentare persone che, come accade spesso nei paesi, usavano spettegolare.

3. LA FAMIGLIA RIGONI

La famiglia Rigoni era costituita dal padre Guido, dalla mamma Rosa e dai tre figli: Remo di sedici anni, Alida di dodici e Isabella di dieci.

Guido era ragioniere e faceva il capo contabile nell'Istituto Autonomo Case Popolari di Livorno, un ente creato dal governo per dare la possibilità ai lavoratori di acquistare a condizioni particolarmente agevolate un'abitazione per la propria famiglia, e mamma Rosa era insegnante in una scuola elementare.

Era una famiglia della piccola borghesia livornese, di saldi principi morali e molto unita, nella quale i figli, educati più con l'esempio che colle parole, erano rispettosi, buoni e studiosi.

Mamma Rosa, anche se non lo confessava neanche a se stessa, aveva per il suo Remo una predilezione particolare: lo vezzeggiava come si fa con un bambino, lo chiamava cogli appellativi più dolci e affettuosi e lui ricambiava il suo immenso affetto, le stava sempre vicino, mostrandole grandi premure, confidandole tutto ciò che gli capitava, i suoi progetti, le sue aspirazioni, ascoltando i suoi consigli e precipitandosi quando lei, sempre con quel garbo che la contraddistingueva, gli chiedeva qualcosa.

I Rigoni erano una delle tante famiglie che, dal primo

giorno di luglio all'ultimo di agosto, passavano le loro vacanze in quel posto incantevole; lo facevano da una vita, e anche la mamma di Rosa, tanti anni prima, vi andava col marito e i suoi otto figli, abitando l'intera estate in un'accogliente casetta sul mare ricavata da un vecchio faro disattivato, nei pressi dell'arenile.

L'appartamentino in cui andavano ad alloggiare era situato al secondo e ultimo piano di un piccolo caseggiato situato su di un lieve rilievo collinare, dal cui terrazzino, assolato dall'alba al tramonto, si vedeva sul lato ovest l'immensa distesa di quel magnifico mare azzurro e, sul lato opposto, tante bianche casette rusticamente intonacate, con le tegole di colore rosso ruggine tipiche della zona, immerse nella verdissima distesa di verde della opulenta campagna toscana; era una veduta straordinaria che da sola valeva l'intera villeggiatura.

Erano una famiglia molto unita e si separavano soltanto nel mese di luglio quando si recavano in vacanza in quel paesino, perché il padre aveva soltanto un mese di ferie dall'ufficio dove lavorava; ma il sabato, poco prima dell'ora di pranzo, giungeva lì servendosi di una comoda corriera che lo portava quasi vicino all'abitazione, stanco da una settimana di lavoro ma felice di riabbracciare i suoi cari. Così, finalmente, si ritrovavano di nuovo tutti insieme.

4. GLI STUDI DI REMO

All'epoca della nostra storia Remo aveva sedici anni e frequentava il primo anno nel liceo classico "*Giosuè Carducci*" di Livorno; era stato sempre un bravo studente, volenteroso e attento, ma quell'anno le cose non erano andate per il verso giusto come in passato perché aveva avuto un forte esaurimento nervoso, che lo aveva costretto a fare numerose assenze.

Il profitto scolastico ne aveva risentito e avrebbe addirittura meritato di essere respinto, ma i professori e soprattutto il preside si erano resi conto che il suo comportamento non era dipeso da cattiva volontà e si trovarono tutti d'accordo negli scrutini di fine anno nel *regalargli* talune materie, per cui venne rimandato agli esami di riparazione di settembre soltanto in italiano e in latino.

Il padre e la mamma non gli dissero nulla per non mortificarlo; era la prima volta che un fatto del genere accadeva e lui era dispiaciuto soprattutto per i suoi genitori, ma poiché era dotato di un grande orgoglio e di una fortissima volontà, decise dentro di sé che quella macchia sarebbe stata cancellata e si sarebbe riscattato a settembre con delle ottime prove di esame.

Quando quell'anno, come di consueto, si recarono in villeggiatura, Remo aveva portato con sé tutti i libri di scuola e ogni giorno, dopo essere stato al mare colla mamma e le sorelle fino alle undici del mattino, andava via e si metteva a studiare.

Anziché andarsene a casa, dove il caldo a quell'ora era opprimente, si recava nei giardini pubblici della cittadina che a quell'ora del mattino erano deserti, e su di una panchina, dinnanzi a un tavolo in ferro battuto, sotto la frescura di quegli altissimi pini odorosi di resina, iniziava a studiare.

Ripuliva il tavolo dalla miriade di aghi caduti dai pini durante la notte, disponeva ordinatamente libri e quaderni sul ripiano e consultava il programma che si era assegnato per quella giornata.

Con quella serietà e metodicità che gli era abituale, aveva predisposto il suo programma di studi in modo che, al momento degli esami, avrebbe non solo completato il piano che si era prefissato, ma effettuato anche un ulteriore ripasso completo delle materie, approfondendo qualche argomento che reputava più importante degli altri.

Doveva cancellare quella macchia, doveva assolutamente riscattarsi con un'ottima prova d'esame, per i suoi professori che gli avevano mostrato tanta benevolenza e per i suoi genitori che avevano avuto sempre tanta fiducia in lui e che non poteva deludere.

5. L'INCONTRO CON NELLA

Quella mattina, come di consueto, era immerso nei suoi studi, quando alzando lo sguardo dai libri vide una bella ragazzina che spingeva una carrozzina con dentro un bambino.

Era tanto fine e gradevole quella figurina, aveva i capelli di colore castano chiaro raccolti in una treccia che le arrivava quasi alla vita e indossava una camicetta bianca, una gonna di tela rossa, delle scarpe blu senza tacco, calzettoni bianchi e un grazioso cappellino di paglia.

Restò sorpreso e allo stesso tempo colpito nel vederla, si stropicciò gli occhi, quindi si alzò, le si avvicinò e le chiese come si chiamava.

La ragazzina arrossì cercando di allontanarsi, ma lui, dandole del lei, come si usava all'epoca tra giovani di sesso diverso che si conoscevano da poco, la trattenne con gentilezza e le disse: «*Signorina, non vada via per favore, io non sono uno a cui piace importunare la gente, sono una persona per bene, mi chiamo Remo Rigoni, mi trovo qui colla mia famiglia per le vacanze estive, sono uno studente di Livorno e mi sto preparando per gli esami di settembre; non mi sognerei mai di farle del male o di arrecarle disturbo e la prego di scusarmi per come mi sono comportato*».

Nella, che in altre occasioni avrebbe agito molto diversamente, a quel ragazzo tanto per bene, educato e serio, colla faccia tanto buona e allo stesso tempo così espressiva e intelligente, non si sentì di fare uno sgarbo; gli sorrise timidamente e tenendo la testa abbassata riuscì a dirgli: «*Sono io che devo scusarmi per avere interrotto le sue letture*», e prima che Remo avesse avuto la possibilità di aggiungere qualcosa, aveva abbassato il capo e si era allontanata rapidamente.

Quando la ragazza andò via, Remo restò frastornato e confuso allo stesso tempo; tutto era avvenuto e si era concluso nel giro di pochi minuti e si rammaricò di non averle chiesto il nome e dove abitasse, perché desiderava rivederla, parlarle e ascoltare ancora quella vocina tanto dolce e gentile.

L'indomani mattina, ritornando a studiare in quell'angoletto dei giardini pubblici, si aspettava di rivederla, ma la ragazza non si fece viva, e così i giorni successivi, ma il lunedì della settimana dopo, alla stessa ora, mentre era impegnato nella traduzione di un brano degli Annali di Tacito, sentì un lieve scalpiccio sulla ghiaia che ricopriva il vialetto e rivide la ragazzina con il suo carrozzino.

Provò dentro di sé una gioia immensa, perché quella creatura dolce e gentile gli era entrata nel cuore come non gli era mai capitato prima di allora; si alzò di colpo, le si avvicinò e le disse: «*Sono stato ad aspettarla tutti questi giorni con molta ansia, perché desideravo tanto rivederla; ma ora non faccia come l'altra volta, non scappi via come se fossi un appestato, deve dirmi il suo nome e dove abita, altrimenti non la lascerò andar via*».

Accortosi di essersi espresso scorrettamente e anche forse con un po' di autoritarietà si scusò, attendendo la risposta.

Anche a Nella quel ragazzo tanto serio, per bene ed educato era piaciuto molto e questa volta non si allontanò come la volta precedente, gli rivolse un timido sorriso e gli rispose: «*Mi chiamo Teresa Maria Rosaria Rusconi, ma in famiglia mi chiamano tutti Nella; non mi sono fermata l'altra volta perché mia mamma non vuole che parli con estranei*».

«*Ma io non sono un estraneo, mi sono presentato,*» ribatté Remo, «*ti ho detto chi sono e cosa faccio e vorrei sapere qualcosa di te*».

Istintivamente era passato al tu e la ragazzina, che se ne era accorta, arrossì leggermente e provò dentro di sé un grande piacere perché anche in lei, per la prima volta nella sua vita, era incominciata ad accendersi una fiammella che, entro poco tempo, sarebbe divenuta un incendio che le avrebbe cambiato per sempre la vita.

E rispose: «*Non sono nata in questa cittadina, ma abito qui da qualche tempo con mia mamma, mia zia e mia nonna, perché mio papà non è più con noi; quando ne ho l'opportunità, cioè in estate, faccio la bambinaia, mi curo di qualche bambino di famiglie di villeggianti, altrimenti do una mano a mamma che fa la sarta o faccio qualche lavoro a maglia*».

Se ne stettero un po' a parlare, fintanto che Nella gli disse: «*Ora dobbiamo lasciarci perché tu devi studiare e io a mezzogiorno devo riportare a casa questo splendido bambino a cui voglio molto bene; se il Signore vuole ci rivediamo domani*».

Si rividero il giorno dopo e tanti giorni ancora e l'amore di Remo per quella ragazzina si accese sempre di più. Pensava a lei tutto il giorno, e a un bel momento le dichiarò il suo amore; la invitò a sedersi accanto a lui sulla panchina di quegli splendidi giardini ove andava a studiare ogni mattina, e guardandola teneramente negli occhi, le disse: «*Nella carissima, come avrai certamente capito io ti voglio molto bene, ti penso ogni momento della giornata e non voglio perderti, perché tu sei la mia vita, la cosa più dolce che ho, il più bel regalo che Iddio potesse farmi; se anche tu provi un po' di affetto per me e non mi dirai di no, mi farai la persona più felice del mondo*».

Pur essendo sicura che questo momento sarebbe presto arrivato, la ragazza provò dentro di sé un'immensa commozione; nessuno le aveva mai detto cose tanto belle, mai una persona aveva usato verso di lei espressioni tanto dolci e affettuose. Lo guardò negli occhi, e con voce resa roca dalla profonda emozione che provava in quel momento, riuscì a dirgli: «*Anch'io ti voglio tanto bene ed è la prima volta che mi capita una cosa così bella*».

Nel sentire che anche lei ricambiava il suo affetto, Remo la guardò teneramente negli occhi, l'abbracciò e la tenne fortemente stretta a sé, la baciò sulla testa, sul viso, l'accarezzò dolcemente dicendole: «*Questo è il più bel momento della mia vita, ti prometto amore mio, anzi ti giuro davanti a Dio che non ti lascerò mai*».

6. LA REAZIONE DI MAMMA MARGHERITA

Teresa era molto in confidenza colla mamma, le diceva sempre tutto ciò che le capitava, che in effetti era poco più di niente perché in quella cittadina la vita scorreva sempre allo stesso modo, senza scossoni e novità di rilievo, ma questa volta, temendo una sua reazione negativa, si era astenuta dal narrarle quanto era avvenuto.

Ma Margherita, che era una donna di scarsa cultura ma non sciocca e sempre vigile e attenta quando si trattava delle figlie, aveva intuito che qualcosa era dovuto succedere perché il comportamento di Teresa quando ritornava a casa al termine della mattinata era cambiato; era più espansiva e canticchiava più allegramente del solito.

E una mattina, al suo ritorno, la chiamò in disparte e guardandola attentamente negli occhi le chiese: «*Perché non ti confidi con tua mamma che è la persona che ti vuole più bene al mondo? Dimmi cos'è avvenuto in questi giorni e non raccontarmi bugie, perché in un modo o in un altro verrei comunque a sapere la verità*».

E Teresa, vistasi scoperta, le confessò che aveva conosciuto un ragazzo molto serio e per bene che andava a studiare nei giardini comunali per prepararsi agli esami.

Omise di dirle però che le cose non stavano proprio così, ma che si erano dichiarati il loro reciproco amore e che, quando non li vedeva nessuno, si abbracciavano, si baciavano e lui le diceva tante cose dolci, come non aveva fatto mai nessuno prima di allora.

Margherita, nel sentire ciò che le aveva detto la figlia, chiese notizie più dettagliate sul ragazzo e sulla famiglia, e sentendo che era un villeggiante di Livorno, si oscurò in volto e le disse: «*Tu sai bene l'affetto immenso che ho per te; tu rappresenti la mia vita e preferirei morire pur di non darti un dispiacere, ma devi avere presente che noi siamo gente di paese, non siamo dei signori di città e non possiamo farcela con persone tanto più in alto di noi*».

Provava un'immensa pena di doverle dire queste cose, perché capiva quanto dolore arrecavano alla figlia le sue parole. Si fermò un istante, quindi soggiunse: «*La persona che sposerai dovrà essere uno della nostra condizione, un operaio, un contadino come tuo nonno, ma non uno che ha studiato; se le cose dovessero andare avanti, prima o poi te ne pentiresti amaramente e il tuo dolore sarebbe grandissimo. Dai retta a tua madre che ti ama come nessuno, non andare più in quei giardini, non farti più vedere; questi studenti di città, dopo essersi divertiti, scompaiono e non si fanno più vedere*».

Anche se sapeva già che la mamma non avrebbe visto di buon occhio questa relazione, Teresa provò un dispiacere immenso e per la prima volta decise che non l'avrebbe ascoltata, perché Remo, quel ragazzo serio, studioso e intelligente che le diceva tante cose tenere mostrandogli il suo immenso affetto era entrato nel suo cuore e vi sarebbe rimasto per sempre.

Quella notte dormì poco pensando e ripensando a cosa

dovesse fare, a come convincere la mamma alla quale non voleva dare un dispiacere, e alla fine decise di rivolgersi al curato.

7. DON VITTORINO FURLAN

Don Vittorino Furlan era un personaggio straordinario, alto e grosso, con una voce baritonale, sempre allegro e pronto alla battuta, ma era anche un sacerdote che sentiva profondamente il suo ruolo di educatore e di cristiano, con un comportamento che suscitava rispetto anche da parte di chi era agnostico in materia religiosa, se non addirittura ateo.

Dopo il diaconato e cinque anni di seminario a Lucca, era diventato vice parroco e quindi, poco dopo, l'unico responsabile della parrocchia di quella cittadina, che curava oramai da circa trent'anni.

Aveva un carattere fermo e deciso e pur essendo "*un montanaro*", come usava definirsi essendo nato in un paesino di montagna del Bellunese, si era integrato perfettamente in quella comunità marinara anche se, dopo tanti anni di lontananza dal suo paesino dolomitico, usava ancora qualche espressione tipica del dialetto della sua regione.

Era molto colto, un appassionato cultore di materie umanistiche e di arte, e suonava molto bene l'organo, quel bellissimo organo che troneggiava nella sua chiesa dietro la Croce.

Le composizioni di Bach, Cannizzaro, Fumagalli e di quei grandi maestri dell'epoca lo esaltavano moltissimo, perché la musica, ma soprattutto quella musica, era a suo dire il linguaggio del Signore, quello con cui Egli faceva sentire la sua presenza agli uomini e la grandiosità del mondo che aveva creato per loro.

Gran giocatore di bocce si dilettava, soprattutto la domenica sera dopo la messa vespertina, in lunghe e accese partite con alcuni vecchi amici che erano stati suoi commilitoni durante il primo conflitto mondiale quando era cappellano militare; e dopo aver giocato, prendendosi in giro a vicenda nel commentare le partite, se ne andavano nella vicina locanda.

E lì, seduti intorno a un tavolo, stavano fino a tarda sera a sorseggiare un vinello fresco e frizzante che l'amico oste, un omone grande, grosso e burlone come don Vittorino, versava da una grossa caraffa di creta nei loro bicchieri, e rinvangavano quei momenti tristi ma allo stesso tempo anche esaltanti della loro giovinezza spensierata.

8. LA VISITA DI TERESA IN PARROCCHIA

Alle nove del mattino di quella calda giornata di fine luglio, quando Teresa era giunta in canonica, don Vittorino aveva da poco finito di celebrare Messa e si accingeva a recarsi nell'orticello posto sul retro della parrocchia per innaffiare le sue piante, che curava personalmente e a cui teneva moltissimo.

Era quello per lui un momento di svago e allo stesso tempo di grande gioia guardarle crescere e fiorire in quel modo meraviglioso, e pensava che anche in esse si manifestava la grandezza del Signore che aveva voluto fare all'umanità un dono tanto splendido.

Amava tutti don Vittorino in quel paesello, ma quella ragazzina così dolce gli era particolarmente cara; la chiamava "*il passerotto*", perché sapeva delle vicende della mamma che gli aveva rivelato tutto ciò che aveva passato e come era nata la figlia.

Quando la vide così triste e sconsolata, le fece cenno di avvicinarsi, la scrutò attentamente negli occhi chiedendole cosa mai fosse successo e lei, trattenendo a stento le lacrime, gli raccontò ogni cosa, dicendogli che se non avesse più visto Remo la vita non avrebbe avuto più alcun senso e si sarebbe fatta suora di clausura.

Don Vittorino, dopo averla ascoltata, le disse: «*Conosco*

molto bene i Rigoni che vengono ogni anno da Livorno qui da noi per i bagni di mare; sono persone buone e per bene, la signora Rosa è una devota cristiana, frequenta la nostra Chiesa e si prodiga per chi ha bisogno e Remo è un ragazzo d'oro, buono, studioso, intelligente e molto attaccato alla famiglia; cara Teresa, non potevi trovare una persona migliore e anche lui deve essere felice di averti incontrato».

Stette un istante a pensare, quindi aggiunse sorridendo: «*Non farai la suora, caro passerotto, te l'assicuro, penserò io a sistemare ogni cosa; dì a mamma di venire oggi da me alle quattro in parrocchia*».

Poi ci ripensò e disse: «*No, è meglio che venga io, alle quattro in punto sarò da voi, ma voglio parlarle da solo, senza la presenza di nessuno. Ora va via subito che ho mille cose da fare e non scocciarmi più*».

Nella era fuori di sé dalla gioia, non sapeva come manifestargli la sua riconoscenza, si inginocchiò tentando di abbracciargli le gambe ma don Vittorino la trattenne e con fare spiccio le ordinò di scomparire, andarsene via subito: «*Ti ho già detto di non preoccuparti, non farmi perdere altro tempo con questi salamelecchi insulsi e fuori luogo, torna a casa e stai tranquilla*».

9. LA VISITA DI DON VITTORINO

Quando alle quattro del pomeriggio, puntuale come suo costume, giunse don Vittorino, Margherita gli aprì la porta sorridendo, s'inchinò per baciargli la mano e gli disse: «*Illustre e caro reverendo, benvenuto nella nostra povera casa, se avessi saputo che voleva parlarmi sarei venuta io in canonica e non l'avrei fatta scomodare; quando Teresa mi ha detto che sarebbe venuto, ho pensato di prepararle una granita di menta che so che le piace molto. Posso chiederle a cosa debbo l'onore di questa visita?*».

E il parroco, dopo averle detto che accettava volentieri la granita, entrò subito in argomento dicendole: «*Sono venuto da te, cara Margherita, per felicitarmi per il fidanzamento di Teresa con Remo Rigoni, il figlio di donna Rosa; sono due ragazzi splendidi e il loro incontro è certamente benedetto da nostro Signore, che ha voluto in questo modo premiare anche te che hai tanto sofferto*».

Margherita tutto si aspettava tranne che sentirsi fare le congratulazioni del curato per un fatto che, per quanto le risultava, non era ancora accaduto; lo guardò e rispose: «*Io non sono tanto contenta di questa storia che sento soltanto ora quanto è andata avanti. Il ragazzo di cui mi sta parlando è uno studente, appartiene a una famiglia di città; sono persone tanto superiori a noi, appartengono a un mondo che non è il nostro, non possono trovarsi bene insieme persone così diverse*».

Don Vittorino la guardò quanto mai stupito e anche un poco divertito, e le disse: «*Ma che sciocchezze stai dicendo? Cos'è questa storia di mondi diversi, di gente superiore? Tutti gli esseri umani sono uguali, non vi sono differenze tra paesani e cittadini, tra contadini e gente che ha studiato, siamo fatti tutti di carne e ossa, ciò che conta è la bontà, il rispetto per il prossimo, la fede cristiana; Gesù Cristo è nato povero in una grotta, generato da una donna povera. Tu devi ringraziare nostro Signore ogni momento che Teresa abbia trovato un ragazzo come Remo, che appartiene a una famiglia di lavoratori, di gente onesta e per bene; quando conoscerai questo ragazzo ti renderai conto di che persona si tratta*».

Come tutti in paese Margherita stimava molto il Parroco, che era il punto di riferimento dell'intera comunità e, anche se non del tutto convinta di quanto le aveva detto don Vittorino, quando questi andò via chiamò Teresa, che da dietro la porta aveva ascoltato ogni cosa, e le disse che avrebbe voluto incontrare e conoscere questo ragazzo di cui lei si era follemente innamorata.

10. L'INCONTRO DI REMO E MARGHERITA

Nel tardo pomeriggio del giorno dopo, Remo bussò alla porta di casa Rusconi; aveva con sé un bel mazzo di fiori da campo e quando entrò si inchinò davanti alla mamma di Teresa, le baciò la mano, le porse i fiori e la ringraziò di averlo ricevuto nella sua casa, dicendole che ne era onorato.

Margherita, che nella sua vita non era mai stata trattata con tanta deferenza, lo ringraziò a sua volta invitandolo a sedersi e gli disse: «*Ho vergogna di riceverla nella nostra misera abitazione; noi siamo gente povera e semplice di campagna, proveniamo da famiglie di contadini, non abbiamo studiato, viviamo del nostro lavoro, anche se non ci lamentiamo della nostra condizione, perché in questa casa regna un grande amore ed è questo che conta, io vivo per le mie figlie e loro ricambiano il mio affetto*».

Si fermò un istante, quindi aggiunse: «*Teresa mi ha molto parlato di lei, mi ha detto che è molto attaccato alla famiglia e in particolare alla sua mamma, e questa è una cosa che apprezzo molto, perché chi ha questi sentimenti è un buon cristiano; mi ha riferito ancora che le vuole molto bene e che anche lei prova per Teresa un grandissimo affetto. Non le nascondo che sono restata molto perplessa quando ho saputo questa notizia, per la tanta differenza di condizione che vi è tra la sua e la nostra famiglia e anche per la vostra giovanissima età, ma il nostro parroco mi ha detto tanto bene di lei e dei suoi genitori, e io ho molta fiducia in lui*».

Remo restò colpito dalle parole semplici e sincere della mamma di Nella e le rispose: «*Cara signora, anche la mia è una famiglia di persone semplici e di onesti lavoratori cui io mi sento onorato di appartenere, e anche da noi regna un grande amore oltre che rispetto reciproco. Io adoro Teresa come non mi è mai capitato nella vita, è presente nella mia testa, ma soprattutto nel mio cuore, tutte le ore del giorno, e le ho giurato amore eterno; da quando il Signore mi ha dato l'immensa gioia di incontrarla, non vedo l'ora di laurearmi e acquisire una posizione economica che mi consenta di sposarla, farla felice e darle tutto ciò che vuole*». Si fermò un istante, quindi soggiunse: «*E ora, se mi consente, desidero dirle un'ultima cosa: sarebbe per me una grandissima gioia sentirmi dare del tu ed essere chiamato Remo, perché la mamma di Nella sarà per me come una seconda madre*».

Ascoltando quelle parole affettuose e tanto sincere, Margherita si commosse e ogni perplessità scomparve di colpo; e dopo avere esitato un istante, cogli occhi lucidi, gli disse: «*Aveva ragione Teresa, sei un ragazzo veramente buono e caro che merita affetto; benvenuto nella nostra casa, farò come vuoi e ti benedico figlio mio*».

Sul divanetto vicino Teresa piangeva di gioia e ascoltando le parole della mamma si alzò, l'abbracciò e le disse: «*Sei la mamma più buona e cara al mondo, mi hai reso felice, oggi è il più bel giorno della mia vita*».

11. IL FIDANZAMENTO DI REMO E NELLA

Il fidanzamento di Remo con Nella fu accolto molto bene da mamma Rosa che, per l'immenso amore che aveva per il figlio, non lo avrebbe mai ostacolato nei suoi desideri, mentre il padre, pur non avendo pregiudizi nei confronti di persone socialmente inferiori alla sua famiglia, avrebbe preferito una ragazza del suo livello.

Ma la moglie, con quella dolcezza e capacità di persuasione che aveva, gli disse: «*Caro Guido, ciò che conta, e tu lo sai bene, è soltanto l'amore; i ragazzi mostrano di sentirne tanto l'uno per l'altra e non devono essere contrastati, ma aiutati perché possano creare il più presto possibile una famiglia unita e felice come la nostra*».

E Guido, per il quale le parole della moglie valevano moltissimo, accettò anch'egli di buon grado la piccola Nella, che peraltro piaceva tanto anche a lui per il suo garbo, la sua educazione e i suoi modi fini e gentili.

Gli ultimi giorni di agosto furono belli, ma anche tristi per entrambi, perché si avvicinava il momento in cui Remo sarebbe tornato a casa per gli esami di riparazione e non si sarebbero visti per parecchio tempo; era la prima volta che i due fidanzatini si separavano e passavano il loro tempo assieme, facendosi reciproche promesse e giurandosi eterno amore.

Remo aveva composto per la sua adorata Nella una poesia che esprimeva nella sua semplicità l'immensa tenerezza per quella ragazzina che adorava e lei, quanto mai commossa, aveva baciato il foglietto su cui era stata scritta, l'aveva ripiegato con estrema cura e l'aveva quindi messo nella borsetta, dicendogli: «*La imparerò a memoria e servirà a farmi sentire vicino a te quando saremo lontani*».

Prima di lasciarsi l'ultima volta, Remo le promise che l'avrebbe informata immediatamente dell'esito degli esami con una cartolina o, se gli fosse stato possibile, andandola a trovare, ma che comunque sarebbe andato da lei ogni volta che avesse potuto farlo.

12. GLI ESAMI E L'ISCRIZIONE ALL'ACCADEMIA

I risultati degli esami furono un autentico trionfo perché Remo conseguì in entrambe le prove di italiano e latino la votazione di 8/10, sia agli scritti che agli orali; alle domande che gli erano state fatte dai professori aveva risposto con prontezza e in maniera più che esauriente, mostrando di saperne molto più di quanto scritto nei testi di scuola. Gli esaminatori, compiaciuti, si congratularono con lui, e soprattutto il preside, che negli scrutini di giugno non lo aveva fatto respingere nonostante lo scarso profitto in quasi tutte le materie.

E fu promosso in seconda liceo.

Due anni dopo, ormai diciottenne, superò gli esami di licenza liceale con un'ottima votazione e dopo averne a lungo discusso con i genitori e colla fidanzata decise di presentarsi al concorso per ufficiale di marina, all'Accademia Militare di Livorno.

L'accesso a questo corso di studi, della durata di cinque anni ed equiparato a tutti gli effetti alla laurea in ingegneria navale, era tutt'altro che facile, perché le prove da sostenere erano particolarmente dure; inoltre la commissione esaminatrice aveva un occhio di riguardo per chi aveva, o aveva avuto, parenti di 1° o 2° grado ufficiali della Marina Militare e per chi proveniva da famiglie nobili e di rango elevato, come professori universitari, diplomatici e altissimi funzionari dello Stato.

I posti disponibili erano soltanto sessantacinque e i concorrenti, provenienti da tutta Italia, oltre che dalle colonie d'oltre mare, superavano le milleduecento unità.

La commissione di esame era formata dal comandante dell'Accademia, Ammiraglio di Divisione Alessandro Carlino, che ne era anche il presidente, e da due professori dell'Università Normale di Pisa, uno che insegnava Architettura Navale e l'altro docente di Diritto della Navigazione.

Esaminava le prove fisiche dei candidati un alto dirigente del CONI, già campione olimpionico di ginnastica, un'icona dello sport italiano, affiancato da due insegnanti di educazione fisica di un liceo di Livorno.

Le prove si svolgevano in due tempi distinti, a distanza di novanta giorni, e riguardavano tre prove scritte: una di cultura generale (italiano, storia, geografia, matematica, fisica, chimica e scienze), una di carattere tecnico (tecnica ed economia dei trasporti marittimi, diritto marittimo internazionale, arte e scienza della navigazione, macchine navali, meteorologia e oceanografia) e un'altra libera, in cui il candidato aveva la facoltà di trattare il tema che voleva senza limitazioni di sorta, sia in relazione all'argomento, quanto alla sua lunghezza.

Remo era in grande apprensione per queste prove così difficili e impegnative, e mamma Rosa, come di solito, gli era vicino a incoraggiarlo: «*Comunque vadano le cose, devi accettare serenamente ciò che vuole nostro Signore, perché se gli esami non dovessero andare come è tuo e nostro desiderio, si apriranno di sicuro altre cento porte ugualmente belle e prestigiose; Iddio non ti abbandonerà mai, perché sei il più buono e bravo ragazzo del mondo*».

I risultati delle prove furono più che discreti, ma venne particolarmente apprezzata dalla commissione, e fu determinante ai fini del superamento della prima fase degli esami, la prova libera in cui Remo aveva trattato il tema delle grandi battaglie navali del passato, tra cui quella di Lepanto del 1571 tra i musulmani di Alì Pascià e la Lega Santa guidata da don Giovanni d'Austria, quella del 1588 tra Filippo II di Spagna ed Elisabetta I di Tudor, in cui la flotta spagnola, la *Invincible Armada*, aveva subìto una rovinosa disfatta, e quella di Abukir del 1798, in cui l'ammiraglio Nelson aveva mostrato le sue grandi doti di stratega, infiggendo una durissima sconfitta ai francesi.

Remo aveva fatto un'acuta analisi delle strategie adottate in quelle epiche battaglie, mettendo in rilievo gli errori e le mosse indovinate delle parti in guerra, e ciò aveva favorevolmente impressionato i commissari e particolarmente il presidente. Venne pertanto inserito nell'elenco dei promossi alle prove orali.

Ora che erano soltanto centoventicinque degli oltre milleduecento concorrenti di prima, le cose apparivano un poco meno difficili, ma vi era ancora lo scoglio delle prove orali da superare.

Il 25 di luglio del 1934, Remo sostenne positivamente le prove fisiche e il giorno dopo quelle culturali, in cui si dimostrò molto preparato e nel corso delle quali il presidente gli espresse il suo apprezzamento per la prova libera sostenuta, il cui tema trattato, quello delle strategie e delle tattiche adottate nelle grandi battaglie navali del passato, era da sempre oggetto dei suoi studi e dei suoi interessi.

Anche i commissari si associarono e quando lo congedarono Remo capì che aveva buone possibilità di farcela, perché i sorrisi di compiacimento degli esaminatori e soprattutto del presidente che aveva molto apprezzato le considerazioni da lui fatte su quell'argomento che era il suo pallino, sembravano far capire chiaramente quale sarebbe stato il risultato.

Dopo quindici giorni, all'uscio di casa Rigoni bussava un militare della marina che consegnava alla mamma di Remo, che gli aveva aperto la porta, una busta gialla sigillata coll'intestazione *Regia Accademia Militare di Livorno.*

Con il cuore in tumulto mamma Rosa, che in quel momento era sola in casa, aprì la missiva e ne lesse il contenuto: *Questa segreteria è lieta di comunicarvi che la commissione di esami del concorso per ufficiale della Regia Marina dell'Accademia di Livorno ha giudicato favorevolmente le vostre prove, per cui siete risultato il trentottesimo dei sessantacinque candidati vincitori, conseguendo la votazione di ventisette trentesimi; per quanto sopra, siete ammesso in accademia e vi presenterete, munito dei documenti personali, il giorno 1° di Ottobre del corrente anno nella nostra Scuola per le visite mediche e per ricevere le relative istruzioni. Mi è gradito porgervi le congratulazioni della commissione d'esame e le mie personali.*

Mamma Rosa, anche se le prove di esame di Remo sembravano essere andate bene, non credeva che il figlio potesse vincere quel concorso cui teneva tanto e in cui la concorrenza era così forte e agguerrita; era fuori di sé dalla gioia e non vedeva l'ora di comunicare ai suoi cari, ma soprattutto al figlio prediletto, la grande notizia.

Remo era andato a imbucare una delle lettere che ogni

giorno puntualmente scriveva alla sua Nella, e quando rincasò mamma Rosa gli andò incontro con un sorriso più radioso che mai, lo abbracciò e gli consegnò la lettera dell'Accademia, dicendogli: «*Sei stato bravissimo, ce l'hai fatta; Dio ha voluto premiarti per le tue capacità, ma anche per l'immensa bontà che hai. Fra cinque anni diventerai ingegnere e ufficiale di marina e con quella divisa addosso sarai addirittura più bello di ora*».

La notizia fu comunicata immediatamente a Nella con un telegramma e fu indimenticabile quella cena che si svolse la sera di quel magico giorno in casa Rigoni.

La fidanzatina di Remo era oltremodo felice di diventare un giorno la moglie di un uomo che stava per diventare tanto importante, e andava colla mente a quella splendida mattinata di agosto di tanti anni prima in cui aveva incontrato per puro caso, nei giardini pubblici, quello studente di città, come lo aveva definito la mamma, che le aveva dichiarato il suo amore; ma sentiva dentro di sé anche una grande tristezza, perché ora che entrava in accademia per chissà quanto tempo non si sarebbero rivisti.

A Remo, che soltanto guardandone l'espressione del viso ne intuiva il pensiero, non sfuggì la sua tristezza; le si avvicinò e le disse colla solita dolcezza: «*Amore mio, capisco quello che provi, perché anch'io dentro di me sento una profonda tristezza per dovermi allontanare per qualche tempo da te, ma tieni presente che anche se lontani, noi saremo sempre vicini, e sarà sempre così, perché tu starai sempre nel mio cuore, guarderò la tua fotografia e parlerò ad essa come se tu mi fossi vicino. Puoi essere certa, anzi certissima, che non ti dimenticherò mai quanti anni dovessi campare; ti ho giurato eterno amore e così sarà per sempre, perché nella mia famiglia si ama solo una volta nella vita. Ti scriverò tutti i giorni e appena sarà possibile ci sposeremo e avremo tanti bambini».*

13. GLI ANNI IN ACCADEMIA

Come per tutti gli allievi gli anni in accademia furono durissimi per Remo, perché la disciplina era ferrea e non venivano ammesse deroghe di sorta ai rigidissimi regolamenti che erano il vanto di quella scuola militare.

Ognuno doveva curare in modo inappuntabile la propria persona e le proprie cose, avere un contegno garbato e signorile con tutti, mantenere un tono di voce basso e rispettoso, ma mai umile, perché, secondo quanto gli aveva detto il suo diretto superiore: «*L'aggettivo "remissivo" non esiste nel vocabolario di un ufficiale della Regia Marina, il quale è sottoposto soltanto ai suoi superiori e comunque esclusivamente nell'ambito della disciplina militare*».

Venivano inoltre fatte lezioni di bon ton sul comportamento da tenere a tavola e nelle relazioni sociali, ed era questa una cosa cui teneva molto il Comandante Carlino, che non si stancava mai di ripetere: «*L'ufficiale che esce dalla nostra Accademia, oltre a essere inappuntabile nelle funzioni che gli saranno assegnate e degno delle gloriose tradizioni della nostra Marina, dovrà comportarsi in ogni circostanza da perfetto gentiluomo e rappresentare un esempio per tutti*».

La vita in accademia, anche se dura, non pesava però a Remo, perché era così grande il desiderio di raggiungere quel traguardo tanto sognato che affrontava ogni cosa senza difficoltà, oltre che con quella serietà e determinazione che lo caratterizzavano; peraltro era stato educato fin da piccolo dai genitori a rispettare quelle norme di comportamento che distinguono le persone per bene.

Il tempo a sua disposizione era ovviamente pochissimo, ma quando riusciva a liberarsi dai suoi obblighi, nella cameretta che condivideva con un compagno, scriveva alla sua Nella, raccontandole tutto ciò che succedeva in accademia e manifestandole il suo amore e il desiderio di vederla al più presto.

Quelle lettere venivano da lei lette e rilette, e quando le aveva quasi imparate a memoria, le riponeva come reliquie nel cassettino del comodino accanto al letto, dopo averle accuratamente annodate con un nastrino colorato.

Gli anni di studio erano intervallati due volte all'anno da esercitazioni pratiche sulla nave scuola "Amerigo Vespucci", il glorioso storico veliero impiegato per l'addestramento dei futuri ufficiali di marina, per cui in quei periodi Remo non aveva la possibilità di inviare lettere alla sua bella e ciò costituiva per entrambi un dolore grandissimo.

14. IL GIURAMENTO E LA NOMINA

Il 2 agosto 1939, nell'ampia palestra dell'Accademia tutta pavesata con bandiere tricolori, era stato allestito un imponente palco e una tribuna per il pubblico.

Un complesso musicale composto da venticinque marinai e diretto da un tenente di corvetta suonò la Marcia Reale e l'inno della Marina Militare, mentre l'ammiraglio Carlino, i suoi ufficiali e i sessantacinque giovani nella loro impeccabile divisa bianca erano schierati immobili sugli attenti sotto il sole di quella magnifica mattinata d'estate.

Al termine degli inni il vice comandante dell'Accademia, nel silenzio generale, chiamò per ordine alfabetico ciascuno dei giovani per il giuramento alla Patria e al Re.

Dopo che essi ebbero adempiuto a questo rito ed erano fermi sugli attenti, prese quindi la parola l'ammiraglio Carlino che, rivolgendosi inizialmente ai giovani, nel più assoluto silenzio, disse: «*Questa giuramento sacro che avete ora pronunziato vi impegna innanzi a Dio e innanzi agli uomini per la vita e per la morte; è una promessa solenne che dovrà rimanere impressa nelle vostre menti e nei vostri cuori non solo durante la vita militare, ma nel corso dell'intera vostra esistenza. Sono certo che lo terrete sempre presente, così come lo hanno fatto coloro che vi hanno preceduto, taluni dei quali per rispettarla hanno sacrificato la loro stessa vita. Siate orgogliosi della divisa che indossate, di questa gloriosa divisa che non è solo un'uniforme, ma è un simbolo sacro di dedizione assoluta alla Patria e alla maestà del Re*».

Si rivolse quindi ai presenti, dicendo: «*Questa solenne cerimonia che si svolge al termine dei cinque anni di studio dei nostri allievi procura a chi vi parla gioia e allo stesso tempo immenso orgoglio, perché rappresenta il coronamento di un periodo di lavoro intenso e proficuo, che ha trasformato i nostri ragazzi in uomini responsabili e pienamente consapevoli dei loro doveri; desidero fare un elogio particolare al corpo docente, militare e civile, che si è impegnato come sempre in maniera straordinaria, mostrando capacità didattiche eccezionali e inculcando nei nostri allievi quei valori sacri e inalienabili che sono alla base della nostra vita, quali l'onestà, la lealtà, il rispetto verso tutti e la disciplina*».

Quindi con tono fermo e commosso, concluse: «*In nome di S.M. Vittorio Emanuele III, per grazia di Dio e volontà della Nazione, Re d'Italia e di Albania e Imperatore di Etiopia, e in virtù dei poteri conferitimi dalla Legge, proclamo ufficiali della Regia Marina Italiana, con il grado di Guardiamarina, e dottori in ingegneria navale, i signori…*» e citò a uno a uno i nomi dei sessantacinque neo ufficiali, ognuno dei quali, sentendosi chiamato, avanzava di un passo e salutava militarmente.

Quindi aggiunse: «*Porgo a tutti i nostri allievi e alle loro famiglie le felicitazioni e gli auguri dei loro insegnanti e i miei personali, sicuro che essi sapranno onorare sempre, come è costume di chi indossa questa gloriosa divisa, il giuramento sacro da loro fatto alla nostra Patria immortale e alla maestà del Re*».

Le parole del comandante suscitarono un'immensa commozione da parte di tutti e un applauso generale; la seduta venne sciolta e i neo ufficiali si avvicinarono ai loro familiari.

Mamma Rosa e Nella, unite dall'immenso amore per Remo, lo abbracciarono commosse, orgogliose del loro ufficiale di marina che ora era diventato anche ingegnere.

E Margherita, che ricordava le sue iniziali perplessità per il fidanzamento di Teresa con quello studente di città e le parole di don Vittorino, ora aveva modo di constatare quanto erano state giuste e sagge le parole del buon curato e quanto era stata fortunata la figlia ad aver incontrato quel ragazzo d'oro.

15. GLI ANNI SUCCESSIVI E L'INIZIO DELLA GUERRA

Dopo quindici giorni, Remo fu imbarcato su di una nave militare e inviato alla base navale dell'isola della Maddalena, in Sardegna.

Nella nuova residenza Remo, per la sua bella figura, valorizzata dall'elegantissima divisa che indossava, era oggetto di grande interessamento da parte delle ragazze dell'isola, che facevano a gara per coinvolgerlo nelle loro feste che frequentemente avvenivano e a cui partecipavano gli ufficiali della Marina di stanza nell'isola.

Ma lui preferiva starsene solo e all'ora del tramonto, quando non era in servizio, se ne andava sulla battigia, e con lo sguardo rivolto verso la Toscana pensava alla sua Nella, la donna della sua vita, il suo amore lontano che non vedeva oramai da moltissimo tempo, e provava dentro di sé un'immensa tristezza.

La permanenza alla Maddalena durò poco perché il 10 giugno del 1940 l'Italia, legata alla Germania dal cosiddetto *Patto d'acciaio*, entrava in guerra contro la Gran Bretagna e la Francia, e Remo fu tra i primi ad andare a combattere.

Venne imbarcato sul cacciatorpediniere "Zara", che operava nelle acque del Mediterraneo in appoggio alle navi da carico che portavano derrate alimentari e aiuti alle truppe dislocate in Africa Settentrionale.

La Royal Navy, l'agguerrita e potentissima marina inglese di Sua Maestà Britannica, cercava di intercettare questi mezzi, ed erano scontri asperrimi quelli che quasi quotidianamente avvenivano tra le due flotte, con perdite gravi e gravissime da entrambe le parti; il rischio di rimetterci la pelle era altissimo per tutti e i comandanti delle imbarcazioni cercavano di tenere alto il morale dei loro sottoposti come meglio potevano.

Il primo giorno di aprile del 1941, nel *Bollettino di Guerra* emanato quotidianamente dal Comando Supremo delle Forze Armate Italiane e letto prima del consueto giornale radio delle 13, il radiocronista dell'E.I.A.R. (la futura RAI), che sapeva modulare il tono della voce a seconda della buona o cattiva comunicazione che dava, con voce quanto mai accorata leggeva il seguente comunicato: «*Nella notte tra il 29 e il 30 marzo, a sud dell'isola di Creta, in prossimità del Capo di Matapan sulle coste del Peloponneso, una flotta della Regia Marina Italiana, composta da una corazzata, tre incrociatori, quattro cacciatorpediniere e altre unità minori, si è scontrata con quella britannica; nella battaglia asperrima svoltasi nel pieno della notte, la nostra Marina, pur inferiore in quel momento per numero e importanza di navi impiegate, ha inflitto gravi perdite al nemico, ma alcune unità italiane sono andate purtroppo perdute*».

Non veniva precisato di quali unità si trattasse e quante persone avessero perso la vita, ma era chiaro che rilevantissime erano state le perdite.

Si seppe poi che erano stati circa duemilaquattrocento i morti tra militari e personale di bordo, e che quasi tutte le unità italiane erano state affondate, ad eccezione della corazzata "*Vittorio Veneto*" che, colpita più volte dalle cannonate delle navi nemiche e dalle bombe della Royal Air Force, pur essendo gravemente danneggiata era riuscita miracolosamente a restare a galla.

Lo scontro in effetti si era risolto con un'immane disfatta per la marina italiana!

L'incrociatore "*Zara*" sul quale si trovava Remo, colpito più volte dai siluri nemici, era stato affondato, e dei duecentotrentacinque uomini di equipaggio se ne erano salvati soltanto trentanove, tra cui Remo, il comandante e il vice comandante, che erano stati peraltro gli ultimi ad abbandonare la nave.

La notizia venne comunicata alla famiglia Rigoni il giorno successivo da un sottufficiale della marina, che bussò alla porta della loro casa e consegnò a mamma Rosa, trepidante e sconvolta, una busta contenente il seguente messaggio inviato dal Ministero della Marina: *Questo Ministero informa la S.V. che il Guardiamarina Remo Rigoni, imbarcato sull'incrociatore "Zara", colpito dalla marina britannica la mattina del 30 giugno, è stato fatto prigioniero dal nemico; per il comportamento eroico da lui dimostrato nel portare aiuto e salvare molti suoi compagni, su proposta del capitano della sua nave, l'Ammiraglio comandante della flotta del Mediterraneo, in nome di Sua Maestà il Re, gli ha conferito la medaglia d'argento al valore militare: per tale alto riconoscimento questo Ministero esprime alla famiglia dell'eroico militare le felicitazioni del Governo Italiano e quelle della Marina Militare.*

Mamma Rosa, che da quando il figlio era in guerra era in un continuo stato di agitazione, pregando incessantemente per lui, nell'apprendere questa notizia si chinò a baciare a terra per ringraziare il Signore che aveva salvato il suo Remo; anche se la comunicazione non era certamente lieta, per lui la guerra era ormai finita e inoltre la sua prigionia non sarebbe stata molto dura, in quanto era noto che la Gran Bretagna rispettava le convenzioni internazionali.

Chiamò subito il marito, i familiari e Nella, che esultò anch'essa, felice ma allo stesso tempo tristissima perché non avrebbe visto il suo amore per chissà quanto tempo.

Remo venne inviato, assieme al comandante, al suo vice e agli altri militari catturati, in un primo tempo nel Sudan, che all'epoca era un protettorato inglese, quindi in India e infine in un campo di prigionia in Australia, nei sobborghi di Sidney.

16. IL FATTACCIO

Agli inizi del 1943 la situazione militare delle cosiddette *Forze dell'Asse* era andata rapidamente peggiorando.

Dopo la resa dell'Amba Alagi il 14 maggio 1941, in cui le truppe italiane comandate dal Duca Amedeo di Aosta avevano eroicamente combattuto in condizioni di inferiorità numerica per uomini e mezzi, l'Etiopia era stata definitivamente perduta, e agli inizi del 1943 la Tunisia, ultimo lembo di terra africana rimasto nelle nostre mani, era stata anch'essa abbandonata.

Il 10 giugno 1943, a distanza di tre anni dalla dichiarazione di guerra, gli anglo americani sbarcavano in Sicilia e dopo poco in Calabria, iniziando quindi l'occupazione dell'Italia; il primo giorno di ottobre entravano a Napoli, il 5 giugno dell'anno successivo a Roma e quindi a settembre quasi tutta l'Italia centrale era sotto il loro controllo.

Era il 9 di settembre del 1944 quando avvenne quel fattaccio terribile che avrebbe scosso quel borgo toscano e cambiato la vita dei Rusconi.

Nella pineta di Tombolo, nell'immediata periferia di Pisa, al confine colla provincia di Livorno, erano accampate sotto le tende le truppe straniere che affiancavano le forze anglo americane di occupazione.

Il generale Eisenhower, comandante delle Forze Americane, nel corso delle trattative di armistizio di Cassibile aveva assicurato al generale Castellano, che rappresentava in quel momento il nostro governo, che non sarebbero state impiegate nella campagna d'Italia truppe che non fossero della loro nazionalità.

Ma la promessa fu disattesa, così come tante altre, e diverse migliaia erano i soldati non americani che partecipavano alle azioni belliche nel nostro Paese a supporto degli alleati.

Erano quella che si definisce "*carne da cannone*", venivano cioè utilizzati nelle missioni più pericolose in cui il rischio di rimetterci la pelle era altissimo, ed essi con una ferocia disumana sapevano svolgere molto bene il compito loro assegnato senza andare troppo per il sottile, commettendo atrocità di ogni genere pur di ottenere il loro scopo.

Si accampavano generalmente alla periferia dei centri urbani e, quando non erano in servizio, se ne stavano a bivaccare, cantare, rumoreggiare, senza alcuna forma di disciplina e senza alcun controllo da parte delle autorità militari americane da cui dipendevano.

Pregavano il loro dio, ma si comportavano come degli animali assatanati e sfogavano i loro istinti bestiali su chiunque venisse loro a tiro: su donne giovani, mature, anziane, anche vecchissime, e talvolta anche su bambini di entrambi i sessi.

Era quasi l'ora del crepuscolo in quella tiepida giornata di fine estate. Teresa e Claretta erano da poco uscite dalla Chiesa del Bambino Gesù, dove il parroco don Vittorino aveva appena finito di celebrare la messa del sabato sera.

Per il ritorno a casa avevano due possibilità: o fiancheggiare la pineta, oppure attraversare quasi per intero la cittadina, effettuando però in tal modo un percorso molto più lungo. In considerazione dell'ora tarda preferirono scegliere la prima soluzione, e mentre a passo svelto si avviavano verso casa passarono in prossimità di un accampamento di soldati situato al limite della boscaglia.

Non erano in divisa militare, stavano seduti a terra in circolo a piedi nudi e, intorno a un falò fatto con cartoni, tavole di legno e rami secchi, ridevano, cantavano, ballavano e urlavano come dannati.

Quando videro le due donne si fecero improvvisamente attenti, si avvicinarono ed esprimendosi in un linguaggio per loro incomprensibile fecero delle domande e iniziarono a toccarle, come si fa con un oggetto.

Le ragazze atterrite tentarono di scappare, ma furono prontamente fermate, e quello che sembrava essere il capo di quell'orda di assatanati, un omone con la testa lucida completamente pelata, grosso e altissimo, con manacce smisurate, fece una carezza a Teresa, dicendole di stare tranquilla.

Mentre la ragazza si dibatteva disperatamente e urlava a squarciagola, l'uomo, dopo averle messo una pallottola di carta nella bocca per non farla gridare, la trascinò a terra e la violentò, mentre tre soldati in piedi in circolo intorno a loro stavano a guardare ridendo e facendo gesti osceni, in attesa del loro turno.

Poco lontano Clara subiva la stessa sorte: una, due, tre volte fu brutalmente sodomizzata, finché perse i sensi, e questa fu forse la sua salvezza perché gli stupratori, ritenendola morta, si allontanarono.

Il parroco don Vittorino, dopo aver celebrato la Messa vespertina, era solito andare a fare una passeggiata nel bosco assieme al suo fedele cane Pluto, il pastore tedesco che era il suo assiduo compagno al quale era molto affezionato anche perché gli era stato regalato tanti anni prima dalla mamma, quando era soltanto un cucciolo di pochi mesi.

Piaceva molto al buon curato il silenzio che regnava all'ora del vespro in quella meravigliosa pineta che definiva un'oasi di paradiso, perché quando vi si trovava, si sentiva ancora più vicino al suo Dio; gli parlava, gli confidava le sue pene e le sue amarezze e gli raccomandava i parrocchiani che amava come dei figli.

Col suo breviario in mano si era da poco addentrato nella pineta riempiendosi i polmoni di quell'aria fresca, pulita e odorosa della resina dei pini, quando sentì dei lamenti provenire da dietro una siepe, mentre il cane con i denti gli tirava la tonaca per indurlo a muoversi; si avvicinò lentamente credendo che vi fosse qualche animale ferito da soccorrere.

Ciò che vide gli procurò un dolore immenso: Claretta era a terra priva di sensi e poco distante Teresa singhiozzava e tremava convulsamente.

Capì subito cosa fosse successo e chi fossero stati gli autori di quell'orrendo atto, e dopo averle ricoperte alla meglio e tentato di rianimarle, fece capire al suo cane che doveva portare subito un messaggio al sacrestano in parrocchia; scribacchiò su di un foglio strappato dal breviario queste poche parole: "*E' accaduto un fatto gravissimo, non perdere un minuto di tempo, chiama un'autoambulanza e informa il maresciallo dei carabinieri, Pluto ti guiderà*", glielo infilò nel collare, gli dette un piccolo colpo sul dorso e il suo fidatissimo cane, che sapeva interpretare tutti i suoi gesti e capire le sue parole, scappò come una lepre verso la chiesa.

Era così addolorato don Vittorino che non connetteva più, e cogli occhi lucidi andava dall'una all'altra ragazza, accarezzandole, cercando di dare loro conforto e pregava Iddio che i soccorsi arrivassero al più presto.

Dopo circa mezz'ora, che al buon parroco sembrò un secolo, si sentì finalmente da lontano la sirena di un'autoambulanza della Croce Rossa, seguita da una camionetta dei Carabinieri con il Maresciallo Fabrizio Capotondi, capo della locale stazione dell'Arma, un brigadiere e un appuntato.

Dopo aver scattato rapidamente numerose fotografie, il militare fece caricare le ragazze sull'autoambulanza che partì alla volta dell'ospedale.

Don Vittorino sarebbe voluto andare con loro per comunicare a Margherita colla dovuta cautela quanto era accaduto, ma non vi era posto sulla camionetta e dovette ritornarsene a piedi in parrocchia.

Una volta entrato in chiesa si inginocchiò davanti all'altare maggiore e, come faceva sempre, iniziò a parlare al suo Signore chiedendogli, e forse anche un po' rimproverandolo, perché permettesse che accadessero cose tanto orrende.

Non era un comportamento blasfemo il suo, la Fede che

aveva era immensa, ma poiché considerava Iddio il suo confidente sentiva di dovergli dire tutto ciò che pensava, come si fa con un amico.

E il Cristo, dall'alto della Croce, lo guardava con amore paterno e pareva che gli sorridesse, lo perdonasse e lo giustificasse, perché il suo figliuolo, il devoto Vittorino, era tanto sconvolto e addolorato che non si rendeva conto di quello che diceva.

17. IL RICOVERO IN OSPEDALE

Mamma Margherita era molto preoccupata non vedendo arrivare Teresa e Clara, sempre così puntali e precise, e si chiedeva cosa mai fosse potuto succedere; si accingeva a uscire per cercare di avere notizie, quando alla porta bussò un brigadiere dei Carabinieri.

Il militare, dopo avere appreso di avere avanti a sé la mamma delle ragazze, fu costretto a informarla che le figlie erano state aggredite da alcuni soldati e ricoverate in ospedale, ma aggiunse subito dopo che stavano bene ed erano trattenute soltanto per precauzione; riferì ancora di avere ricevuto dal Comandante della Stazione l'ordine di accompagnarla al nosocomio per vederle.

Alle parole del brigadiere, Margherita, in ambasce più che mai, dopo aver informato la sorella Amalia di quanto accaduto e averle raccomandato di non dire nulla alla mamma, salì sulla camionetta diretta alla volta dell'ospedale; pregava Iddio che quanto temeva non fosse successo.

Davanti alla porta della camera dove erano state ricoverate le ragazze vi erano un'infermiera in un'impeccabile divisa bianca e con una cuffietta in testa dello stesso colore e un medico con un camice verde che gli arrivava fino al collo.

Più che un dottore, quel sanitario sembrava uno studente, data la giovanissima età che dimostrava di avere; era di statura medio alta, con i capelli neri e gli occhi vivi e intelligenti, col viso buono e l'aspetto di un gran signore.

Si chiamava Marcello Firmani, aveva soltanto ventotto anni, si era laureato in Medicina e Chirurgia all'Università di Pisa da cinque e si era quindi specializzato in psichiatria, ma aveva maturato in poco tempo un'esperienza enorme in quel reparto ove venivano ricoverati pazienti colpiti da incidenti spesso gravissimi, che comportavano talvolta danni mentali permanenti.

Occorreva bravura, prontezza d'intervento, ma anche capacità psicologiche per operare nel settore, e in questo Marcello era bravissimo, perché colle sue parole, col suo modo di fare, coll'ottimismo che traspariva dal suo volto, riusciva a entrare nelle menti sconvolte dei malati trovando a poco a poco la maniera di farli ragionare e avviarli, anche se talvolta lentamente e non senza difficoltà, verso la guarigione.

Il direttore dell'ospedale aveva di lui grandissima stima per queste sue capacità, ma lo apprezzava moltissimo anche per la serietà, l'attaccamento al lavoro e per il comportamento corretto e signorile che aveva nei confronti di tutti.

Quando vide Margherita che gli chiese cosa fosse accaduto, il dottore non potette nasconderle la verità, ma si affrettò subito a dirle che le ragazze stavano bene e che tutto sarebbe andato a posto.

Aggiunse ancora: «*La più grande che, se non sbaglio, si chiama Teresa, domani sarà dimessa e potrà quindi tornare a casa; l'altra invece sarà trattenuta ancora qualche giorno perché è un po' scossa e, se lei sarà d'accordo, sarò io personalmente a pren-*

dermene cura fino alla guarigione che richiederà del tempo, ma le assicuro cara signora, sarà completa».

Prima di farla entrare nella camera dove erano ricoverate Teresa e Clara, si premurò di dirle: «*Cerchi di mostrarsi calma e serena, perché le ragazze devono sentire intorno a loro un ambiente tranquillo; non pianga, minimizzi per quanto possibile quanto accaduto, magari dicendo che il tempo attenuerà a poco a poco il dolore e che tutto ritornerà presto come prima*».

La camera dove stavano le ragazze, tutta bianca, pulita e piena di luce, era divisa in due da una tenda a soffietto a bande verticali.

In una delle due parti vi era Teresa, seduta in poltrona, sveglia e cosciente, e quando si accorse che era entrata la mamma si alzò, le corse incontro, le gettò le braccia al collo piangendo disperatamente e dicendole: «*Mamma, hai saputo che mi hanno fatto? Che vergogna e che dolore ho provato quando quell'uomo orrendo, con quel ghigno malvagio e quel fetore nauseabondo, mi si è gettato addosso; ha distrutto la mia vita quel farabutto perché ora ho perduto per sempre Remo che non avrò più il coraggio di vedere. Avrei preferito morire pur di non subire una simile cosa*».

Mamma Margherita, che tanti anni prima aveva subìto, anche se in modi e condizioni diverse, la stessa violenza, comprendeva meglio di chiunque altro le sofferenze e il dolore della figlia e tenendola stretta a sé cercava di darle forza mostrandosi serena, così come le aveva raccomandato il dottore, ma aveva dentro di sé una pena profonda perché si rendeva conto che ciò che diceva la figlia era purtroppo vero: sarebbe per sempre finito quell'amore splendido con Remo.

Sull'altro lato della camera d'ospedale, distesa su un lettino, vi era Clara che sembrava sonnecchiare e ogni tanto veniva presa da qualche improvviso sussulto; non aveva riconosciuto la mamma e appariva completamente assente, cogli occhi spenti e privi di vita.

E mentre Margherita si sforzava di non piangere, intervenne ancora una volta il dottore rassicurandola: «*È del tutto normale la reazione di sua figlia dopo un fatto del genere, ma le ripeto ancora una volta di tranquillizzarsi perché la ragazza si riprenderà perfettamente, occorrerà soltanto pazienza e tempo, ma le assicuro che quanto le sto dicendo è la verità*».

18. IL FATTO NUOVO

Teresa, grazie all'immenso amore della mamma e degli altri familiari che non la lasciavano mai sola, cominciò lentamente a riprendersi, ma ora era disperata più che mai perché a seguito di quell'orrendo rapporto era rimasta incinta.

L'interruzione chirurgica della gravidanza era impensabile, non soltanto perché l'aborto all'epoca era proibito dalla legge, ma perché glielo impedivano la sua fede cattolica e i suoi principi morali.

Quell'embrione che era nel suo grembo era suo figlio, era parte di sé, anche se era nato a seguito di una violenza da parte di un individuo immondo e detestabile.

Il bambino che sarebbe nato, anche se non avrebbe mai conosciuto il padre, come peraltro tanti altri in quel tremendo periodo dell'occupazione dell'Italia da parte delle forze militari americane, sarebbe cresciuto, come era giusto che fosse, nell'amore della sua mamma, così come era stato per lei.

Clara continuava a non parlare e sembrava ancora non capire ciò che le veniva detto, era completamente assente, ma qualche volta, alle sollecitazioni del medico, mostrava qualche lievissimo segnale di ripresa, aprendo gli occhi un po' meno spenti di prima che però richiudeva subito, come se non sopportasse la luce.

Margherita andava da lei tutti i giorni e ogni volta trovava vicino al capezzale della figlia quel bravo dottorino che, assieme all'infermiera, si dava tanto da fare per farla riprendere; quella ragazzina tanto sfortunata gli faceva un'immensa tenerezza, ma era fiducioso di riuscire a guarirla, così come era avvenuto tante altre volte.

19. L'INCHIESTA E IL PROCESSO

Del gravissimo fatto accaduto venne informato dal Comando dei Carabinieri di Pisa il colonnello comandante delle truppe americane, da cui dipendeva quel contingente di soldati, e unitamente a un maggiore dell'Esercito Italiano si dette corso all'inchiesta per accertare i fatti, individuare i relativi colpevoli e punirli come previsto dalla Legge.

Al termine delle indagini, durate soltanto pochi giorni, fu facilmente individuato il principale responsabile di quel gravissimo fatto: il capo del contingente attendato a Tombolo. Con lui vennero fermati due altri militari che avevano partecipato all'aggressione di Teresa, mentre quelli che avevano violentato Claretta non furono individuati.

Dopo una serie di interrogatori, ebbe inizio a porte chiuse il processo a cui erano presenti soltanto Teresa colla mamma, perché Clara era in ospedale e non era in grado ancora di parlare chiaramente.

Presiedeva la giuria un colonnello americano, affiancato da due ufficiali anch'essi di nazionalità americana; l'accusa era rappresentata da un giovanissimo capitano italiano, che in tempo di pace faceva il penalista a Modena, e la difesa era affidata a un franco marocchino, anch'egli militare.

Fungeva da cancelliere un italo americano di Boston e da interprete un professore italiano che insegnava inglese in un ginnasio locale.

Quali testimoni dell'accusa, fuori dall'aula attendevano di essere chiamati il parroco, il sagrestano, il maresciallo dei carabinieri e i due infermieri che erano intervenuti coll'autoambulanza, mentre non v'era alcun testimone della difesa.

Dopo gli adempimenti di rito, il presidente chiese agli imputati se ammettessero la loro colpevolezza e, ricevuta risposta negativa, dette la parola ai testimoni dell'accusa e quindi all'avvocato della difesa che, non sapendo cosa dire, dichiarò: «*La sentenza che emetterà questa Corte non dovrà ignorare la circostanza che i soldati, lontani dai loro affetti familiari e dalla loro terra, si trovano in condizioni psicologiche particolari, stressati da una guerra logorante in cui la loro vita è in continuo pericolo, e l'aver visto quelle ragazze tanto provocanti che forse li hanno anche un poco stuzzicati per vederne le reazioni, li ha sconvolti*».

L'avvocato dell'accusa, dopo aver respinto questa gratuita illazione, alla quale peraltro neanche gli imputati avevano fatto cenno, affermò inoltre: «*Per quanto attinente al danno arrecato, nella circostanza, più che le parole parlano le carte, i referti medici e le certificazioni degli ospedali; per quanto poi riguarda gli autori del misfatto, parimenti non sussistono dubbi, perché oltre alla testimonianza della ragazza che ricordava perfettamente i suoi aggressori, i precedenti degli imputati, e specificamente del capo del contingente, più volte implicato in imprese del genere, indicano quest'ultimo, assieme ai suoi due sottoposti, come colui che si è macchiato di quest'atto infamante*».

A questo punto il presidente, che era un uomo deciso e determinato che non si perdeva in chiacchiere, dichiarò chiusa la seduta, e dopo essersi consultato brevemente con i suoi collaboratori, emise la seguente sentenza: «*Questa Corte, sulla base di quanto è emerso nel corso del processo e dalle testimonianze presentate dall'accusa, ritiene l'imputato colpevole del reato ascrittogli e lo condanna a diciotto mesi di reclusione da scontare nel carcere militare USA di Firenze, e quale risarcimento del danno arrecato alle cittadine italiane Teresa e Clara Rusconi, al pagamento della somma di 50.000 $, oltre le spese legali, stabilite in 5.500 $; condanna inoltre i due militari a sei mesi di reclusione, da scontare nel medesimo carcere. L'udienza è chiusa*».

Gli aggressori di Clara non furono condannati perché la ragazza, che era svenuta dopo l'aggressione e ancora sotto shock, non potette testimoniare.

I tre delinquenti scontarono invece per intero la pena loro inflitta, ma i Rusconi non videro mai un dollaro di quanto stabilito dal giudice, perché lo Stato che avrebbe dovuto sborsare la cifra, essendo i condannati risultati nullatenenti, con una serie di cavilli riuscì abilmente a defilarsi; si sarebbe potuta instaurare una causa molto complessa e dagli esiti incerti, ma ciò avrebbe comportato un esborso di quattrini non indifferente, per cui Margherita vi rinunciò e al danno si aggiunse la beffa.

20. IL RITIRO NELLA NUOVA CASA

Dopo poco più di un mese anche Clara, quasi completamente guarita, fece ritorno a casa e, anche se aveva ancora qualche momento in cui pareva assentarsi da tutto ciò che la circondava, appariva ora quasi del tutto normale.

Il dottor Firmani ce l'aveva fatta, le rassicurazioni del bravo medico a Margherita si erano rivelate fondate e la famiglia era pertanto riunita di nuovo come prima, ma non desiderava avere contatti di sorta colla comunità locale che stava di continuo a osservarli, facendo spesso commenti maligni sui comportamenti tenuti dalle ragazze in quella tragica circostanza, quasi a voler intendere che se la fossero cercata.

A tutto ciò che avevano passato si aggiungevano anche i pettegolezzi e le chiacchiere di quelle donnette meschine del paese, per cui Margherita decise in accordo colla sorella di andare via da quella cittadina dove si era verificato quel fatto orrendo.

Avrebbe voluto mettere centinaia di chilometri tra quel posto che ora detestava e la nuova abitazione, ma non sapeva dove andare e le mancavano anche i mezzi necessari.

Come era solita regolarsi ogni qual volta aveva incertezze su ciò che doveva fare, si confidò con don Vittorino e il buon curato anche stavolta trovò la soluzione, offrendosi di ospitarli in un'abitazione lasciatagli tanti anni prima dalla mamma e che era situata nell'estrema periferia della stessa cittadina, ma molto defilata rispetto al centro abitato.

Concordarono che nessuno in paese avrebbe saputo niente di questo trasferimento a parte il fedele sacrestano, e durante la notte di qualche giorno dopo, su di un carrettino di fortuna, vennero caricate le loro poche cose. Si sistemarono così nel nuovo alloggio.

La vecchia casa venne chiusa, Margherita e i familiari scomparvero dalla circolazione e di loro in paese non si seppe più niente.

Durante gli anni di prigionia, che come si prevedeva non furono particolarmente duri, Remo, tramite la Croce Rossa Internazionale, riusciva a inviare di tanto in tanto qualche lettera ai suoi familiari e alla sua Nella; la mamma gli rispondeva, anche se le lettere gli giungevano con ritardi anche di mesi per via della censura, ma quelle inviate alla ragazza non ricevevano risposta.

Preoccupatissimo, chiese alla mamma cosa fosse mai successo e lei gli rispose che di Nella e della sua famiglia non si avevano da tempo notizie; aveva tentato numerose volte di contattarli, era stata in Comune, dai Carabinieri, aveva interpellato i vicini di casa, ma risultava che avevano abbandonato l'abitazione senza aver lasciato alcun recapito.

Era vero che aveva tentato più volte di avere notizie di Nella e dei suoi familiari, ma la realtà era che non aveva il coraggio di dirgli quale fosse stata la causa di quella partenza, perché tutti erano a conoscenza in paese delle orrende violenze subite da lei e dalla sorella da parte dei militari in quella maledetta domenica di settembre; era stato un colpo tremendo per lei e per il marito apprendere quel fattaccio, perché sapevano dell'amore immenso del figlio per quella ragazzina che si faceva voler bene da tutti per la sua dolcezza, la finezza di sentimenti e alla quale anch'essi si erano affezionati come a una figlia.

Avrebbe voluto confortarla mamma Rosa, starle vicino, mostrarle tutto il suo affetto e la sua comprensione; avrebbe voluto dirle che tutto sarebbe tornato come prima, che Remo avrebbe capito ogni cosa, perché l'amava e l'avrebbe sposata come aveva giurato di fare, ma la ragazza era scomparsa e con lei tutta la famiglia e di loro non si sapeva più niente.

21. IL RITORNO DI REMO

La notte tra il 24 e il 25 luglio del 1943, Mussolini veniva sostituito al governo del Paese dal Maresciallo Badoglio e il 9 di settembre successivo l'Italia cessava di essere in conflitto con gli anglo americani.

Remo era libero, ma dovette aspettare quasi due anni prima di essere rimpatriato.

Il 30 luglio del 1945, alle 7 del mattino, alla porta di quella casetta di villeggiatura ove i Rigoni si recavano ogni anno bussò un militare con indosso una sahariana mimetica molto stazzonata, stivaletti impolverati e un grosso bagaglio avvolto in un telo color kaki; era leggermente stempiato, aveva il viso bruciato dal sole e segnato dalla stanchezza dopo aver viaggiato per oltre due mesi con i più svariati mezzi marini e terrestri per percorrere i circa 14.500 km di distanza che separavano il campo di prigionia australiano nei pressi di Sidney dalla cittadina toscana.

Mamma Rosa andò ad aprire e nel vedere il suo figlio prediletto avanti a lei non credeva ai propri occhi; gli gettò le braccia al collo piangendo per la gioia e chiamò il resto della famiglia che accorse subito. Tutti erano felicissimi di riaverlo con loro sano e salvo.

Dopo averlo fatto sedere accanto a lei e averlo rifocillato, gli chiese dell'affondamento della nave, della sua cattura e di come era stato trattato durante la prigionia, e lo informò della salute del padre che in quel momento era a Livorno e di come andavano le cose in Italia, ora che era cessata quell'orrenda guerra.

Si dilungava su tutto ciò perché cercava di rimandare il più possibile il momento in cui le sarebbe stato chiesto dal figlio che cosa ne era di Teresa e perché mai fosse scomparsa.

E quando Remo le chiese notizie non potette che ripetergli quanto già gli aveva scritto, e nel dirgli ciò sentì entro di sé un dolore immenso.

22. L'AMORE RITROVATO

Nei giorni successivi, dopo i grandi festeggiamenti dei familiari, Remo se ne stava solo, triste e sconsolato a girovagare per le viuzze di quella cittadina che gli ricordava tante cose, belle e tristi allo stesso tempo, e nel pomeriggio inoltrato di fine agosto dell'ultimo giorno prima di partire per riprendere servizio, a un certo momento si trovò davanti ai cancelli del parco pubblico ed entrò.

In quei meravigliosi giardini a quell'ora deserti regnava una grande pace e il silenzio era rotto soltanto dallo stormire delle foglie di quegli altissimi pini odorosi di resina mossi da un leggero vento di ponente, e dal cinguettio dei passerotti che si rincorrevano tra gli alberi.

Si sedette su di una panchina cogli occhi socchiusi a pensare al suo amore perduto, alla sua Nella, a quella indimenticabile mattina di fine luglio di tanti anni prima in cui l'aveva vista la prima volta proprio in quel posto.

Ricordava tutto di quel momento, come era vestita, come avanzava spingendo quel carrozzino, le parole che le aveva rivolto, l'iniziale ritrosia della ragazza che timidamente aveva cercato di allontanarsi, e quindi la dichiarazione d'amore e i baci che si erano dati giurandosi eterno amore; si chiedeva ancora una volta dove si trovasse, cosa facesse, cosa mai fosse successo e perché si fosse dileguata senza dare notizia di sé.

Gli si riempirono gli occhi di lacrime a questi pensieri così tristi e con un fazzoletto sulla faccia si sforzava di non piangere, quando sentì un lieve scalpiccio sulla ghiaia che ricopriva i vialetti dei giardini e vide avvicinarsi una giovane donna che spingeva un carrozzino; aveva un cappello di paglia a larghe falde che le ricopriva quasi completamente il volto, un'ampia gonna a fiori e portava grandi occhiali scuri da sole.

Nel vederla Remo ebbe un sussulto, perché quanto si presentava ora innanzi ai suoi occhi gli ricordava proprio quel momento magico di tanti anni prima in cui aveva visto per la prima volta quella ragazzina tanto bella e dolce, quando con i suoi libri di scuola era andato a studiare proprio in quel posto, seduto proprio su quella panchina, per prepararsi agli esami di riparazione di settembre.

La donna camminava molto lentamente e non aveva fatto caso alla sua presenza, perché aveva gli occhi rivolti verso il basso e appariva tutta immersa nei propri pensieri, incurante di ciò che avveniva intorno a lei.

Nel vederla, Remo si alzò, le si avvicinò con il cuore che gli batteva forte e le chiese a bassa voce: "*Mi scusi se la disturbo, ma vorrei rivolgerle una domanda*".

La donna, nel sentire quella voce, capì subito chi era la persona che l'aveva fermata e colla testa sempre abbassata affrettò il passo per allontanarsi il più rapidamente possibile; ma Remo la fermò, la guardò in viso e rimase in un primo momento senza parole.

Quindi, resosi conto che era proprio lei, la sua Nella, la

prese tra le braccia e, tenendola stretta a sé, le disse: «*Ma è vero o sto sognando? Tu sei Nella, tu sei la mia Nella, la donna della mia vita. Perché sei scomparsa e non ti sei fatta più vedere da me che ti adoro e ti adorerò sempre? Se ho fatto qualcosa che ti ha offeso e addolorato, ti chiedo perdono, ma non riesco a capire quale possa essere stata la mia colpa. Ti ho pensata ogni istante delle mie giornate e avevo ormai perduto la speranza di rivederti, di tenerti stretta a me come facevo sempre, di accarezzare il tuo viso bellissimo. Ho pregato tante volte Dio di non farmi perdere l'unico amore della mia vita e finalmente sono stato ascoltato; ora che ti ho ritrovato non ti lascerò mai più andar via per nessun motivo al mondo, qualunque ostacolo dovesse frapporsi tra di noi*».

La donna sembrava non ascoltarlo, teneva sempre gli occhi abbassati e con un fazzoletto sulla faccia cercava di nascondere le lacrime che le rigavano il volto; Remo intuì che doveva essere accaduto qualcosa di molto importante che giustificava il suo comportamento, per cui tenendola sempre fortemente stretta a sé, le disse: «*Ma perché non mi dici niente? Non è possibile che tu non mi voglia più bene, non ci credo e non ci crederò mai; che cosa è accaduto che ti ha tenuta lontana e che ti ha impedito di accogliermi con quell'affetto che credevo tu sentissi ancora per me?*».

Nella non rispose, ma col volto sempre abbassato fece cenno alla carrozzina.

Remo si avvicinò alla culletta, ne alzò le tendine e vide un bambino molto scuro di pelle, con occhi nerissimi, ma che per il resto era il ritratto di Nella.

Tra le tante cose brutte che pensava fossero potute succedere, non avrebbe mai immaginato che la ragazza che adorava, alla quale aveva dato tutto se stesso, l'avesse tradito, si fosse sposata o avesse avuto una relazione con un altro uomo. Avrebbe preferito morire anziché apprendere questo fatto tremendo e, piangendo come un bambino, le disse: «*Ma come hai potuto fare una cosa del genere? Come hai potuto tradire una persona che ti ha sempre mostrato il suo amore grandissimo, che durante gli anni di prigionia guardava il tuo ritratto e lo baciava, pregando il Signore perché potesse tenerti tra le sue braccia per sempre?*».

A questo punto Nella rialzò la testa rispondendo: «*Non ti ho tradito, non l'ho fatto e non lo farei mai; il bambino che vedi nella carrozzina è mio figlio e gli voglio un bene immenso, anche se è frutto di un'atroce violenza di cui sono stata vittima assieme a mia sorella Clara da parte di alcuni soldati attendati nella pineta di Tombolo*».

E mentre Remo la guardava sbigottito, si fermò un istante e aggiunse: «*Da quel momento, da quel terribile momento che ricorderò come l'esperienza peggiore della mia vita, ho pensato a te, soltanto a te, al dolore immenso che avresti provato nell'apprendere questo tragico fatto e sono scappata via, perché avevo vergogna di farmi vedere, ma anch'io non ho cessato un istante di pensarti, ti voglio bene come prima e più di prima, perché tu sei la persona più buona che esiste al mondo e mi hai fatto conoscere l'amore che è il dono più bello che il Signore ci abbia dato*».

Nell'udire ciò che Nella aveva passato Remo sentì come spezzarsi qualcosa dentro di sé; era profondamente addolorato, ma ora aveva di nuovo la sua Nella e non gli importava più nulla.

E mentre, seduti sulla panchina, la teneva fortemente stretta a sé, quasi avesse il timore di perderla di nuovo, Nella gli raccontò tutto ciò che le era capitato: dell'aggressione a lei e alla sorella, del ricovero in ospedale, del processo e delle condanne inflitte ai colpevoli, della lunga riabilitazione della sorella presso un centro psichiatrico specializzato e di tutte le altre tristissime cose che avevano coinvolto la sua famiglia, come la morte di crepacuore della nonna Carolina quando aveva saputo di quel tragico fatto.

Remo ascoltava profondamente angosciato e le disse: «*Perdonami se ho dubitato di te, non avrei dovuto mai pensare che tu avessi potuto tradirmi, adotterò il bambino e lo considererò come mio figlio, perché se è tuo è anche mio; ci sposeremo subito e daremo tanti fratellini al piccolo. Non mancherò mai di ringraziare il Signore per avermi fatto venire oggi in questi splendidi giardini*».

23. IL MATRIMONIO

Un mese dopo Remo e Teresa, a distanza di quindici anni dal loro primo incontro nella pineta di quello splendido borgo toscano, felici come mai in mezzo ai loro cari, si sposarono, e la cerimonia nuziale fu officiata, per la gioia di tutti, da don Vittorino, il buon curato che era stato tanto vicino a loro nei momenti difficili.

In mancanza di parenti di sesso maschile la sposa era al braccio del suo futuro suocero, che ella considerava come il suo vero padre.

Era più splendida che mai avanzando verso l'altare maggiore sotto la navata centrale nel suo bianco abito, sobrio ed elegante, confezionato dalla mamma e dalla zia, e Remo la guardava trasognato; finalmente dopo tante traversie si avverava quanto per tanto tempo sognato.

Nella chiesa addobbata con tanti fiori di campo prese quindi la parola don Vittorino che, nel silenzio generale, rivolgendosi agli sposi, disse: «*Prima di celebrare questo sacro rito, devo dirvi qualcosa di personale, una cosa che sento profondamente nel mio cuore. Desidero parlarvi come un padre ai suoi figli, perché tali siete tutti voi per me, dei carissimi figli di cui non si può non sentirsi orgogliosi. Nel corso del mio lungo sacerdozio non ho mai vissuto un momento così toccante come quello di oggi, perché le persone che mi accingo a unire in matrimonio e i loro cari sono come delle persone di famiglia, sono parte di me stesso, che amo per la loro bontà, per i valori cristiani che sentono e anche perché mi hanno dato l'occasione e la gioia di essere loro vicino nei momenti difficili*».

Si fermò un istante per vincere la commozione, quindi aggiunse: «Questa splendida Teresa che ricordo quando, poco più che bambina, venne in parrocchia per confidarmi le sue pene e chiedere il mio aiuto, ha tanto sofferto, ma alla fine è stata premiata dal Signore che le ha fatto incontrare Remo, che è più che degno di starle accanto tutta la vita; e voglio ancora ricordare in questo momento anche Margherita e Rosa, le loro adorabili mamme, che sono di esempio a tutti per la loro bontà, l'amore per i loro figli, le loro altissime qualità morali e la loro Fede Cristiana».

Le parole semplici e accorate del Curato commossero tutti e furono accolte con un fragoroso e interminabile applauso; quel sacerdote, con il suo comportamento, la disponibilità dimostrata in ogni occasione, l'impegno nell'aiutare chi aveva bisogno, e anche con quel volto sempre sorridente, si faceva amare da tutti!

Nel silenzio generale seguito a questa introduzione, don Vittorino fece inginocchiare i futuri sposi e ricordò loro come di rito gli obblighi e i doveri che si assumevano col matrimonio, in salute e in malattia; e quindi, dopo lo scambio degli anelli, li dichiarò marito e moglie, nel nome del Padre, del Figlio e dello Spirito Santo.

24. GLI ANNI DEL DOPO GUERRA

Quella guerra maledetta, scatenata dal diabolico e malvagio "*Genio del Male*", così come venne definito il capo della Germania nazista che aveva fatto assassinare milioni di ebrei colpevoli soltanto di appartenere a quella razza che odiava, che aveva determinato la morte di decine di milioni di persone, la distruzione di intere città, arrecato miseria e dolore in tutto il mondo, come mai prima di allora, era finalmente finita!

Ma con essa erano cessati di esistere anche quei valori che nel nostro Paese avevano caratterizzato gli anni precedenti, come il senso di appartenenza a una stessa comunità, l'amore per la patria, il rispetto, la disciplina, l'ordine.

La Regia Marina, la gloriosa Regia Marina di un tempo, quella osannata tanti anni prima dall'ammiraglio Carlino nella cerimonia del giuramento di fedeltà alla Patria dei neo ufficiali, non era più regia, ma soltanto la marina militare italiana.

La guerra civile, che aveva visto combattere italiani contro italiani, con atrocità commesse da entrambe le parti, aveva lasciato profonde ferite che si sarebbero risentite per tanti anni ancora e che talvolta si risentono ancora oggi.

L'odio aveva avuto il sopravvento sull'amore, il paese era a pezzi e il Presidente del Consiglio dei Ministri Italiano si era recato con il cappello in mano, come un mendicante, negli Stati Uniti, a chiedere aiuto all'ex nemico americano che con ferocia inaudita aveva gettato bombe sulla popolazione civile delle nostre città, ammazzando vecchi, donne e bambini.

Una nazione che era stata grande come mai in precedenza, rispettata e temuta da tutto il mondo, che aveva suscitato ammirazione e riverenza, che aveva conquistato primati straordinari in ogni campo, era diventata un piccolo stato, mutilato nei suoi confini, umiliato e oggetto di spartizione da parte delle due grandi potenze che si erano divise il mondo.

Moltissimi furono coloro che in quel momento tragico, secondo un antico costume italico, salirono sul carro dei vincitori rinnegando il proprio passato; molti si adeguarono alla nuova situazione, ma vi fu anche qualcuno, come l'ammiraglio Carlino, l'ex Comandante dell'Accademia Militare di Livorno, che si dimise dalla sua carica e in punto di morte chiese di indossare quella divisa che era stata il suo orgoglio e volle che il suo feretro fosse coperto colla sua bandiera, non con il vessillo di ora, mutilato di quel simbolo che aveva onorato tutta la vita.

Anche Remo, in quel contesto tanto mutato, non si sentì più di continuare a fare l'ufficiale della marina da guerra e anche se ora, da tenente di vascello quale era diventato, avrebbe avuto davanti a sé un'ottima carriera, in accordo colla moglie e i genitori si dimise ed entrò a far parte della marina mercantile, diventando comandante di porto proprio a Livorno, la sua città natale.

E così, ora che aveva una famiglia e dei figli, non si allontanò più dalla sua adorata Nella, da mamma Rosa e dai suoi cari.

E qui termina questa storia che, come si è detto nella presentazione, a meno di qualche dettaglio, è realmente avvenuta.

POST SCRIPTUM

Come certamente avrà avuto modo di rilevare chi è andato in fondo a questa storia, la vicenda narrata è inserita in un contesto storico irripetibile del nostro Paese e serve anche a far compenetrare il lettore in quel mondo di allora così diverso sotto tanti aspetti da quello di oggi; fa conoscere il modo di vivere, di agire e di pensare delle persone di quel tempo, così diverso da quello di oggi, i sentimenti che si provavano, i valori che si rispettavano e talvolta anche qualche loro commovente ingenuità.

Fu quello un pezzo importante della nostra storia, definitivamente conclusosi colla fine del secondo conflitto mondiale, che non può essere disinvoltamente messo nel dimenticatoio, se non addirittura bollato di ignominia, per nascondere la pochezza morale e politica di chi è venuto dopo.

Dopo gli immani disastri della guerra perduta, l'Italia lentamente cominciò a riprendersi e si ebbe quello che fu definito il "miracolo economico", determinato più dalla tenacia e dalle capacità dei nostri imprenditori e delle nostre eccellenti maestranze, che non dai governanti, il cui unico merito fu quello di non contrastare quelle iniziative e non interferire; e lo fecero anche perché da esse ne traevano vantaggi politici non ottenibili diversamente.

La gente cominciò ad assaporare il benessere e godere di comodità mai avute prima, ma contemporaneamente ebbe inizio un declino morale inarrestabile, con corruzione e malaffare diffuso a tutti i livelli, favoritismi e bustarelle prima inesistenti.

E quei valori che avevano caratterizzato gli anni di prima andarono per sempre perduti!

- Indice -

Prefazione 7

UNA STORIA ITALIANA
(VIOLENZE E TENERI AMORI)

Presentazione del racconto 15
Prima parte 19
1. Gino Rusconi 19
2. Corrado Rivetti 23
3. La violenza 28
4. La reazione di Gino 31
5. La decisione dei genitori di Margherita 35
6. La vendetta di Corrado 37
7. Le indagini, il processo e la sentenza 43
8. La definitiva separazione 47
Seconda parte 50
1. Il borgo toscano 50
2. La nuova casa dei Rusconi 52
3. La famiglia Rigoni 55
4. Gli studi di Remo 57
5. L'incontro con Nella 59

- Indice -

6. La reazione di mamma Margherita 63
7. Don Vittorino Furlan 66
8. La visita di Teresa in parrocchia 68
9. La visita di don Vittorino 70
10. L'incontro di Remo e Margherita 72
11. Il fidanzamento di Remo e Nella 74
12. Gli esami e l'iscrizione all'Accademia 76
13. Gli anni in Accademia 82
14. Il giuramento e la nomina 84
15. Gli anni successivi e l'inizio della guerra 87
16. Il fattaccio 91
17. Il ricovero in ospedale 97
18. Il fatto nuovo 101
19. L'inchiesta e il processo 103
20. Il ritiro nella nuova casa 106
21. Il ritorno di Remo 109
22. L'amore ritrovato 111
23. Il matrimonio 116
24. Gli anni del dopo guerra 118
Post scriptum 120

LA STORIA DI ROCCO

PRESENTAZIONE DEL RACCONTO

Sullo sfondo di una Sicilia ancora arretrata della prima metà del diciannovesimo secolo, ove si praticano ancora abiette usanze medioevali, un giovane di una piccola cittadina della piana di Catania, di umili natali ma di sentimenti nobilissimi e di grande dignità, dà a un ricco e potente signore del paese in cui vive lezioni di vita e di comportamento.

Con la sua volontà ferrea e per l'immenso amore che sente per il padre, da semplice figlio di ciabattino diventa uno dei più importanti e noti clinici d'Italia, conseguendo in giovanissima età la cattedra di professore universitario.

Le sue azioni, la sua bontà, i suoi comportamenti sono l'eredità morale dell'amatissimo genitore che, coll'esempio più che con le parole, gli ha trasmesso quei principi inalienabili che sono alla base del vivere civile, come la rettitudine, il rispetto della parola data, la generosità, il senso di giustizia, il rigetto del sopruso, dello sfruttamento, della prevaricazione e della violenza.

Allo scopo di dare maggiore realismo alla vicenda, nella presente storia alcune frasi sono riportate in siciliano, cioè nella lingua dei protagonisti.

Il siciliano non è un dialetto, ma il linguaggio appreso dai propri genitori, quello di un popolo libero, con la sua storia, la sua identità e le sue millenarie tradizioni; quello cioè del magico mondo della terra di Sicilia, ove la gente è passionale, sanguigna e calorosa, come in nessun altro posto.

Devo pertanto scusarmi cogli abitanti di questa regione se, nel riportare le frasi in siciliano, lingua espressiva come poche, ho commesso qualche errore.

La storia raccontata vuole essere anche un omaggio alla Sicilia, che ha dato all'Italia e al mondo scrittori come Luigi Pirandello, Giovanni Verga, Salvatore Quasimodo, Giuseppe Tomasi di Lampedusa, Leonardo Sciascia, musicisti come Vincenzo Bellini, scienziati come Antonino Zichichi e tanti altri.

Principali personaggi

- Rocco La Russa, il protagonista
- Rosario (detto Saro), il padre di Rocco
- Rosalia Scicchitano, la madre di Rocco
- Vito Caracciolo, il barone di San Severo
- Salvatore Lo Cascio (detto Tore), il segretario del barone
- Mariuccia Lo Cascio, la moglie di Tore
- Santi Schifani, il medico
- Agata, la mamma di Rosalia
- Adriano Andreoli, il professore
- Jacqueline Tissot, la moglie del professore
- Marella Andreoli, la figlia del professore

1. IL BARONE DI SAN SEVERO

Il barone Vito Caracciolo di San Severo era un ricco proprietario terriero siciliano, i cui possedimenti si estendevano su di un fondo di molte decine di ettari nella piana di Catania.

L'immensa proprietà gli era stata lasciata in eredità dal padre che l'aveva a sua volta ricevuta dal proprio genitore.

E così era stato per tante generazioni, risalenti addirittura ai tempi della dominazione francese della Sicilia, nella metà del tredicesimo secolo, quando Carlo I d'Angiò aveva regalato quella tenuta a un antenato in linea diretta del barone, che si chiamava Vito come lui, e gli aveva anche conferito il titolo di barone di San Severo, come segno di gratitudine per l'appoggio ricevuto durante la guerra contro gli Svevi.

Nel corso degli anni la proprietà era diventata sempre più importante, sia per estensione, che per la quantità e la qualità dei prodotti che si ricavavano, diventando quindi nelle mani di don Vito, come veniva chiamato in segno di rispetto dai paesani il barone di San Severo, quell'immenso latifondo che dava tanta ricchezza.

Più di cento contadini, spesso con le loro mogli e con i figli, si succedevano da generazioni nel lavoro di quella terra, al servizio della nobile casata.

Erano fatiche immani quelle che essi facevano, per dieci e più ore al giorno, spesso sotto un sole cocente o la pioggia battente, sorvegliati a vista da persone di fiducia del barone che non esitavano a usare anche la frusta se essi, spossati da quel tremendo lavoro, si fermavano un istante per riprendere le forze; e tutto ciò per un salario da fame.

L'eccezionale bontà dei prodotti che si ricavavano era dovuta, oltre che alle loro massacranti fatiche, anche alle eccezionali condizioni climatiche della zona e soprattutto alle caratteristiche di quei terreni argillosi e fertili come pochissimi nell'Isola, dove l'acqua rappresenta da sempre il bene più prezioso.

Il raccolto ottenuto, in piccola parte, serviva a soddisfare le esigenze locali, ma la quantità maggiore, e anche quella migliore, veniva venduta ai mercati ortofrutticoli dell'Italia meridionale, che se la contendevano a suon di ducati, e soprattutto a industrie conserviere del Nord, che la trasformavano in eccellenti prodotti, spediti quindi in molti paesi d'Europa e particolarmente in Austria e in Germania, dove erano particolarmente apprezzati.

E don Vito si godeva quell'immensa ricchezza che gli proveniva dalle fatiche dei suoi *schiavi*, come egli definiva i contadini al suo servizio, oltre che dalla fortuna di aver ereditato, senza alcun merito, quella fonte di benessere ricevuta in eredità.

Era un uomo di bell'aspetto il barone, di alta statura e con un portamento che mostrava chiaramente l'appartenenza a una nobile casata; aveva occhi blu, i capelli castani folti e un poco ricci e la carnagione chiara: per queste caratteristiche somatiche, più che siciliano sembrava un discendente dei normanni e probabilmente lo era.

Parlava quasi sempre in siciliano, la lingua dei suoi avi, anche se conosceva un poco l'italiano.

Peraltro anche il suo re Ferdinando II, il re burlone, come veniva chiamato il penultimo sovrano borbonico, parlava quasi sempre il napoletano, che usava anche nelle cerimonie ufficiali con monarchi e principi di mezza Europa, divertendosi a metterli in imbarazzo.

Don Vito era molto ricercato nell'abbigliamento, indossava sempre una redingote, preferibilmente di colore grigio scuro, un grosso papillon nero, camicie di seta finissima con polsini chiusi da gemelli in oro con le sue iniziali, fatte su misura per lui, e abiti confezionati dai migliori sarti della Sicilia che si pregiavano di averlo come loro cliente, al punto tale che, nelle intestazioni della loro corrispondenza e nella pubblicità, dopo il proprio nome, figurava la dicitura "*fornitore della Casa del Barone di San Severo*", come si usava per le case regnanti.

Tutto ciò ovviamente dopo avere ricevuto la sua autorizzazione, in cambio di un congruo sconto sul costo della fornitura.

Don Vito era il primo di dodici fratelli, quattro maschi e otto femmine, e a lui, per diritto di primogenitura vigente nell'antica tradizione di famiglia, alla morte del padre era spettata la metà dell'intero patrimonio.

Dopo la divisione dei beni, tutti i suoi fratelli erano andati via da casa e lui era rimasto solo nel palazzo avito, dove erano nati i suoi progenitori e anche lui e i suoi fratelli.

Più che un palazzo, l'edificio dove dimorava il barone poteva definirsi una reggia.

Era costruito con muri in pietra di tufo di grosso spessore, nei quali erano stati ricavati passaggi segreti, probabilmente usati dai proprietari della casa per sfuggire agli assalti degli Arabi che nel Medioevo facevano frequenti irruzioni in Sicilia.

Aveva innumerevoli stanze con alte coperture costituite da volte a crociera, sfarzosamente arredate, tappezzate con parati in seta e arazzi di Gobelins, illuminate da enormi lampadari in cristallo di Boemia, con dipinti di valore e pezzi di antiquariato, pesanti tendaggi di velluto, grandi specchiere, stupendi mobili d'epoca e tappeti orientali di pregiata fattura.

Il pavimento era in legno e pietra lavica, alternati in artistici disegni.

Dal maestoso atrio situato al pianterreno, nel centro del quale troneggiava una statua in bronzo a grandezza naturale raffigurante il capostipite della famiglia, il primo barone di San Severo, si accedeva, a mezzo di un ampio scalone con gradini in perlato di Sicilia e una ringhiera in ferro battuto con le insegne della casata, a un'immensa sala al piano superiore.

E da qui si succedevano poi splendide camere di rappresentanza, fino a raggiungere l'appartamento privato del padrone di casa, ampio e luminoso, dal quale si poteva ammirare in tutta la sua grandiosità lo straordinario paesaggio della splendida campagna siciliana, con lo sfondo dell'Etna innevato.

In quella reggia il barone si beava godendosi gli agi della sua vita fortunata e la fragranza di quegli aranceti profumati che si estendevano sulla sua terra a perdita d'occhio.

Non era una persona amabile e cordiale don Vito, ma altera e scostante; si riteneva appartenente a una sorta di casta bramina che gli consentiva ogni sopruso, chiamava *plebaglia* i paesani e *servi* i suoi contadini, e come tali li trattava.

Si compiaceva di imporre la propria volontà a tutti e perfino le autorità locali, il giudice di pace e anche il curato, senza alcuna dignità, si inchinavano davanti a lui, chiamandolo *vostra eccellenza*, senza ricevere talvolta neanche un cenno di risposta al loro saluto.

Il barone godeva inoltre di un privilegio risalente al Medioevo, una pratica diffusa non soltanto in Italia meridionale, ma anche in altri paesi del sud Europa, come la Spagna, il Portogallo e anche qualche cittadina della Francia meridionale; aveva cioè quello che veniva definito lo *ius primae noctis*, cioè il diritto di possedere, prima del legittimo consorte, la donna che andava a nozze nel suo feudo.

E lui non si sottraeva a questa gradevole pratica, ma la esercitava soltanto con le donne belle.

Non gli interessava il livello sociale della predestinata di turno, perché per lui la donna con la quale giaceva era niente di più che un oggetto di piacere del quale, dopo averne goduto le grazie, si liberava senza elargire alcun compenso, perché "*Chi gode di questo immane privilegio, deve sentirsi onorato di averlo ricevuto*", usava dire.

Le autorità ecclesiastiche contrastavano questa indecente usanza, ma lo facevano soltanto a parole, perché molti prelati, anche di altissimo livello, avevano le loro amanti e, molto spesso, cosa ancora più turpe, praticavano addirittura la pedofilia.

La maggior parte delle donne che sottostava a questa usanza accettava tale pratica come un fatto normale e molte si sentivano addirittura gratificate di essere state, anche se una sola volta, oggetto di piacere di quell'uomo tanto importante, e avrebbero magari voluto che il fatto potesse ripetersi ancora, ma il barone, tranne che in qualche raro caso, amava cambiare, non gli piaceva la stessa minestra e una volta assaporatala, si rivolgeva altrove.

Era difficile, esigente e anche un poco schifiltoso, come si addiceva a un uomo dai così nobili natali come lui, e quando doveva compiere questo piacevole "rito", ordinava che la donna con la quale si accingeva a giacere venisse opportunamente istruita e preparata.

Non doveva permettersi confidenze ma essere rispettosa, parlare soltanto quando veniva interrogata e comunque sempre a bassa voce, fare tutto ciò che lui richiedeva senza obiezioni; doveva inoltre essere pulita e profumata, ma al punto giusto, perché l'odore troppo intenso gli dava fastidio e lo reputava volgare, così come il trucco che non doveva essere troppo carico e meglio ancora non usato.

A queste incombenze pensava la Mariuccia, la bella moglie di Tore Lo Cascio, il suo segretario particolare, la quale prima che le donne comparissero in presenza del barone, le istruiva accuratamente, in modo che lui non avesse nulla da ridire.

Quando poi qualche volta capitava che non vi era una donna disponibile perché non c'erano stati matrimoni in paese, era lei stessa a sostituirla nel letto del barone, svolgendo molto bene questo compito; don Vito si mostrava sempre molto soddisfatto delle prestazioni della Mariuccia.

Il marito era al corrente delle cure della consorte per allietare il barone, ma fingeva di ignorarle e in fondo ne era anche contento, perché dividere la propria moglie con il padrone costituiva un onore e un grande privilegio che pochi avevano.

In paese tutti lo sapevano e per questo motivo lo chiamavano *Tore, u curnutu* (Salvatore, il cornuto), ma in effetti questo epiteto non si addiceva soltanto a lui, ma anche a tantissimi altri uomini di quella cittadina che, dopo il matrimonio, erano stati preceduti da don Vito nel primo rapporto con le proprie mogli.

Per questa usanza, ma anche per la sua inesauribile carica virile, erano moltissime le donne che aveva avuto e numerosissimi i figli; non sapeva neanche lui quanti fossero e gli capitava talvolta, quando tutto tronfio e pieno di sé girava in carrozza nelle stradine della sua cittadina, di riconoscerne qualcuno.

Notava che qualche ragazzino gli somigliava molto, non

soltanto per le caratteristiche somatiche, ma per il portamento signorile che aveva, tanto diverso da quello del resto della *plebaglia.*

Cercava di ricordare con quale donna lo avesse avuto, quando e in quale occasione, ma comunque non provava alcun affetto per lui perché, anche se era suo figlio come gli sembrava, quel ragazzo rappresentava soltanto il risultato di un momento di piacere con una donna, della quale non sapeva neanche il nome.

Viveva la sua vita tra agi e piacevolezze don Vito, ma vi era una cosa che lo affliggeva quanto mai.

Quel tarlo che lo tormentava, che non gli permetteva di trascorrere l'esistenza tranquilla e serena che esigeva per se stesso, era rappresentato dal fatto di non avere ancora un erede legittimo che potesse evitare che quell'immenso patrimonio finisse nelle mani del primo dei suoi fratelli, come secondo le tradizioni di famiglia.

Doveva pertanto trovare, e anche al più presto, una donna da sposare per perpetuare la sua casata, ma questa non poteva essere una borghese qualunque, doveva essere del suo rango, una che avesse un grado di nobiltà se non pari al suo, quanto meno non molto inferiore, e la cosa non appariva facile, perché le poche in tutto il contado che avevano questi requisiti non gli piacevano, non avevano cioè quegli attributi fisici che lui cercava.

A lui piacevano le donne belle, molto procaci, provocanti, e quelle pochissime disponibili e degne del suo rango erano magroline, smunte, insignificanti e non suscitavano in lui appetiti sessuali.

2. ROSARIO LA RUSSA

In questa cittadina del Catanese viveva Rosario La Russa che faceva il ciabattino dall'età di sedici anni, da quando il padre Domenico, dal quale aveva ereditato mestiere e bottega, era morto, e lui era stato costretto ad abbandonare gli studi che amava moltissimo per andare a fare questo duro lavoro.

Era stato un grande lavoratore Domenico, stava dodici e più ore al giorno ricurvo dietro il suo banchetto a risuolare scarpe e scarponi, cambiare tacchetti e cucire tomaie, per quei pochi soldi che riusciva a racimolare a fine giornata.

Rosario, chiamato in famiglia Saro, gli somigliava molto, sia fisicamente che per il carattere riservato, mite e buono che aveva, e gli voleva molto bene, perché il padre si sacrificava tanto per la propria famiglia, svolgendo quel lavoro così faticoso senza lamentarsi mai.

Cercava di stargli il più possibile vicino, perché non si sentisse solo e triste, soprattutto da quando la mamma si era ammalata e non si alzava più dal suo letto.

Nel rientrare a casa dopo la scuola, preferiva studiare accanto a lui anziché nella sua stanzetta; e tra un compito e l'altro, tra un esercizio di matematica e una frase di latino da tradurre, stava a osservarlo attentamente mentre svolgeva il suo lavoro con tanta applicazione e capacità, forse chissà presagendo che un giorno quel mestiere lo avrebbe fatto anche lui.

Conducevano una vita di stenti e di privazioni i La Russa, perché la miseria era tanta, e non solo nella loro famiglia, ma in molte altre di quel paesino siciliano; avrebbe voluto dare anche lui una mano e portare a casa qualche soldo, avrebbe fatto i lavori più umili per essere di aiuto alla famiglia, ma era molto difficile trovare in paese qualcuno che avesse bisogno di un servitore, perché ognuno faceva da sé.

E poi il padre non avrebbe mai permesso che lui andasse a lavorare; spettava a lui farlo e non al figlio, che doveva pensare soltanto a studiare per cercare di emergere in qualche modo da quello stato di miseria in cui si trovavano.

Rosario non si tirava mai indietro, era un bravo studente, rispettoso, disciplinato, serio e studioso ed era benvoluto da tutti, preside, professori e compagni.

Avrebbe certamente avuto un avvenire migliore se il padre non si fosse ammalato, ma ora spettava a lui lavorare; fu costretto pertanto ad abbandonare la scuola che tanto amava e a mettersi a fare quel mestiere duro e faticoso.

Occorrevano soldi e anche tanti, perché il padre e la mamma necessitavano di cure e farmaci assai costosi.

E lui, senza recriminare una sola volta contro quel destino tanto infame che aveva infranto i suoi sogni, si rimboccò le maniche e iniziò a fare il ciabattino.

Una gelida mattina del giorno di Natale, che non avrebbe

mai dimenticato, il padre lo chiamò accanto a sé, e dal letto dove giaceva ormai morente, con un filo di voce gli disse: «*Papà sta murennu Saro miu, si statu nu figghiu d'oro e sarrai benedetto da Diu; mò ti raccumannu sulu na cosa: pensa a matri tua chi sta assai mali e che nziemi a tia, siti stati tutta a mo vituzza*» (Papà tuo sta morendo Rosario mio, tu sei stato un figlio d'oro e sarai benedetto da Dio; ora ti raccomando soltanto una cosa: pensa a mamma tua, che insieme a te, è stata tutta la mia vita).

E lui, sforzandosi di mascherare l'immenso dolore che in quel momento provava, aveva risposto, dandogli del voi come in uso in molte famiglie dell'epoca: «*Papà, i paroli vostre sunnu ordini pi mia, state ciertu chi nun i dimenticherò mai*» (Le vostre parole sono ordini per me, state certo che non le dimenticherò mai).

Dopo due giorni anche la mamma cessò di vivere e Rosario restò solo.

3. ROSALIA SCICCHITANO

Rosalia era l'unica figlia di donna Agata, come veniva chiamata da tutti in paese la moglie di Rino Scicchitano.

Agata era vedova, perché il marito, che faceva l'imbianchino, era morto cadendo da un'impalcatura mentre faceva il suo lavoro.

Quando accadde questo tragico evento, lei era incinta da due mesi e pertanto Rosalia non aveva mai conosciuto il padre, ma il suo volto le era molto noto, perché la sua fotografia appariva in tanti ritratti disposti in ogni angolo della loro piccola e povera abitazione, con un piccolo cerino acceso davanti.

E anche la mamma portava al collo un piccolo ritratto del marito che non mancava mai di baciare la sera quando andava a letto e la mattina quando iniziava la sua giornata.

Donna Agata si arrangiava a fare la sartina e godeva di una modestissima pensioncina che era riuscita a ottenere dopo la morte del marito, ma le esigenze erano tante e lei, pur di portare qualche soldo in più a casa, all'occorrenza si dava da fare in tante altre cose, come fare la spesa per qualche famiglia di persone anziane e dando a volte una mano in qualche loro faccenda domestica.

Era una donna bellissima la figlia Rosalia, piuttosto alta

per le donne di quel tempo, con un corpo statuario, occhi scuri, vivi e intelligenti, capelli nerissimi lunghi e lisci spesso annodati in una treccia che le arrivava alla vita; aveva una dentatura regolare e bianchissima e Rosario ne era innamorato pazzo da quando era poco più che bambina.

Ma per timidezza, o molto probabilmente per timore di un rifiuto, non era mai riuscito a manifestarle i suoi sentimenti e, quando la incontrava, si limitava a un saluto o al massimo a un sorriso; ma soffriva enormemente dentro di sé per non avere il coraggio di farsi avanti, perché Rosalia era nel suo cuore e vi sarebbe rimasta per sempre.

Il pregio più grande di quella splendida ragazza, quello che maggiormente attirava gli uomini e suscitava l'invidia delle meschine e pettegole donnette del paese, era la sua straordinaria procacità, ma soprattutto il modo aperto e sfrontato con cui si compiaceva di mostrarla ai suoi innumerevoli ammiratori.

Molti ragazzini di quella cittadina avevano provato con lei le prime emozioni della loro pubertà, perché Rosalia non si tirava mai indietro in certe circostanze e anzi incoraggiava molto, ma proprio molto, chi faceva con lei le sue prime esperienze.

La mamma, che per natura era molto accorta e attenta, lo era anche di più quando si trattava della figlia; aveva capito molto bene la grande... *disponibilità* che lei mostrava nei confronti degli uomini, e questo fatto la preoccupava molto, perché certe tendenze, in una famiglia onesta e religiosa come la loro, non erano concepibili.

Per questi motivi, doveva sorvegliarla e anche molto attentamente, perché Rosalia non facesse qualche sciocchezza che le potesse rovinare l'avvenire.

Ma in questo mamma Agata si sbagliava, perché la figlia, quando si accorgeva che qualche ragazzo esagerava un po' e tentava di superare certi limiti, sapeva frenarlo, anche se ciò le costava molta fatica, perché le sarebbe piaciuto tanto non fermarsi là, ma andare avanti, sempre più avanti.

Donna Agata non poteva restarsene inerte, doveva agire e anche presto perché lei si comportasse "*como 'na fimmina onesta e timorata ri Dio, e nun çomo 'na fimmina ri strada, como i piacirebbe*" (come una donna onesta e timorata di Dio e non come una donna di strada, come le piacerebbe).

Per evitare che prendesse una strada sbagliata, l'unica cosa da fare era pertanto trovarle un marito, e dopo avere passato in rassegna i possibili candidati, aveva individuato in Rosario "*u scarparu*" (il ciabattino), come veniva chiamato in paese Rosario La Russa, l'uomo adatto a lei, perché era buono, mite, un grande lavoratore e poi sapeva che voleva un immenso bene alla figlia.

Ma era anche un poco perplessa Agata sulla scelta che aveva fatto, perché pensava che "*pi Rusalia fussi megghio 'n omu cu i man pesanti, uno chi a piglia a tuppuluni quannu fa quaccosa i mali, e Saro 'na cosa accussì nun a facissi mai*" (per Rosalia sarebbe meglio un uomo colle mani pesanti, uno che la prenda a schiaffi quando fa qualcosa di male e Rosario una cosa del genere non la farebbe mai).

Ne parlò alla figlia, ma a lei quell'uomo non piaceva, perché "*Saro è puovero, nun avu mancu l'uocchi pi cianciri, comu pozzu stari cu 'n omm commo a iddu*" (Rosario è povero e non ha neanche gli occhi per piangere, come posso stare con un uomo come lui).

Era molto ambiziosa Rosalia, voleva uscire da quello stato di miseria e di privazioni in cui si trovava, voleva diventare ricca e riteneva di poter aspirare a qualcuno migliore di Rosario, a un uomo cioè che non pensasse soltanto al lavoro come lui, ma sapesse darle anche, con frequenza e continuità, quei piaceri che desiderava e che riteneva di meritare per la sua avvenenza, della quale era ben consapevole.

Ma alla fine, dopo tante discussioni, mamma Agata non volle sentire ragioni, impose la sua volontà e lei dovette sposare Rosario.

4. IL MATRIMONIO DI ROSARIO E ROSALIA

Una delle pochissime donne a sottrarsi a quell'usanza feudale dello *ius primae noctis* era stata proprio Rosalia, perché il giorno in cui aveva sposato Rosario il barone di San Severo non era in paese, ma si trovava per affari nel *continente*, come i siciliani chiamavano l'Italia peninsulare.

A Rosalia questo fatto non era piaciuto per nulla, perché avrebbe preferito che fosse il barone e non il marito ("*chiddu puoveru omo*") a godere delle sue grazie per la prima volta.

Dopo essersi sposata ed essere restata incinta, sembrò essersi un poco calmata e avere perduto i suoi bollori; così fu per tutto il periodo della gravidanza e quando nacque Rocco, quel bambino bellissimo che le somigliava tanto, gli dedicò tutta se stessa, senza interessarsi ad altri.

Fu quello l'unico periodo relativamente felice del matrimonio con Rosario, perché quando andò a fare la domestica in casa del barone di San Severo cercò di recuperare il tempo perduto dandosi molto da fare, e don Vito, che l'aveva notata e molto apprezzata per la sua bellezza e soprattutto per quella procacità straordinaria che aveva e alla quale era molto sensibile, non perdette tempo e un giorno, mentre lei si accingeva a rigovernargli la camera da letto, l'attirò a sé, le mise le mani addosso e sul divano vicino la fece sua.

Lei finse di resistergli per fargli provare maggiore piacere, gli disse che era sposata, che aveva un figlio, che si vergognava di fare certe cose, ma in realtà non vedeva l'ora di giacere con quell'uomo tanto importante e anche di bellissimo aspetto, come era il barone.

La cosa le piacque moltissimo, e del resto era la cosa che più aveva desiderato fare; e fu così anche per don Vito che, dal momento in cui l'aveva fatta sua, non la considerò una delle tante, ma iniziò con lei un rapporto che non si sarebbe esaurito in pochi incontri, ma avrebbe avuto una durata inimmaginabile.

5. LA RELAZIONE CON IL BARONE

La relazione infatti non si fermò lì, ma proseguì fino a diventare stabile e don Vito, pur essendo per sua natura piuttosto avaro, questa volta non si mostrò come sempre; le faceva dei regali anche molto costosi, come abiti eleganti che lei non si sarebbe mai sognata di indossare, e la trattava se non proprio con rispetto (era questa una parola che non esisteva nel suo vocabolario, a meno che non fosse riferita a lui), quanto meno con interesse, con molto interesse, perché Rosalia non era come tutte le altre, lo faceva impazzire dal piacere che gli dava, come mai nessun'altra prima di lei.

Rosalia, oltre a godere molto dell'intimità che si era creata con quell'uomo tanto importante, aveva anche un suo piano, e cioè quello di fare in modo che tra il figlio e l'amante si instaurasse un rapporto di affetto, a seguito del quale il barone avrebbe potuto magari lasciare al suo *Roccuzzo* una parte di quell'immenso patrimonio che aveva.

Ma il bambino, che talvolta portava con sé con lo scopo di concretizzare questo suo progetto, non manifestava molta simpatia per il barone, soprattutto poi da quando aveva notato che una volta, quell'uomo che detestava, ritenendo di non essere visto, aveva messo le mani addosso alla mamma e le aveva dato un bacio non proprio fraterno.

Rosalia si accorse che il figlio aveva visto qualcosa e cercò di minimizzarne l'importanza dicendogli che il barone era una brava persona, era per sua natura molto affettuoso con tutti e anche con lei, che considerava come una sorella minore; aggiunse poi che doveva farsi benvolere da lui perché ne avrebbe ricevuto molti vantaggi, sarebbe diventato ricco, sarebbe andato ad abitare in quella casa con tanti servitori ai suoi ordini.

Ma Rocco, che era un bambino intelligente e attento a tutto ciò che vedeva, non credette alle parole della mamma e le rispose: «*Quel barone, come tu lo chiami, è uno schifoso, perché fa cose brutte e cattive che non si fanno con le donne degli altri, lo ha detto anche il prete l'altro giorno alla lezione di catechismo che è un peccato mortale, e poi fanno dispiacere il mio papà che è la persona più buona del mondo*».

Rosalia si sentì gelare sentendo le parole del figlio che, nonostante fosse soltanto un bambino, capiva le cose più e meglio di un adulto e si preoccupò moltissimo, pensando che la sua relazione col barone sarebbe stata scoperta, con tutte le conseguenze che ne sarebbero derivate.

6. I RAPPORTI TRA ROSARIO E ROSALIA

Rosalia, nonostante fosse furba e accorta, questa volta agì in maniera sconsiderata perché, incurante di ciò che poteva succedere, cominciò a sfoggiare abiti eleganti, curare di più la sua persona e la sua biancheria intima non era più grossolana come prima, ma fine e ricercata, come usavano le gran dame.

Rosario non tardò quindi a rendersi conto di quanto fosse accaduto e provava dentro di sé un immenso dolore, anche perché pensava che il figlio, nell'apprendere una tanto orribile cosa, ne avrebbe ricevuto un terribile trauma.

Andò quindi a manifestare le sue pene alla suocera, a mamma Agata, come lui affettuosamente la chiamava, facendole presente ciò che riteneva fosse da qualche tempo accaduto.

E lei, che conosceva come nessun altro la figlia e le sue tendenze tutt'altro che irreprensibili, pur ritenendo che la cosa fosse molto probabile, se non addirittura sicura, gli rispose che certamente si sbagliava, ma gli promise che avrebbe presto parlato con Rosalia per appurare la verità e poi si sarebbe fatta sentire.

Subito dopo chiamò la figlia e le disse: «*Si è vieru quanto m è statu rittu, stai facennu quanto ri peggiu fa 'na fimmina maritata, stai facennu piccatu murtale e Diu nun ti perdonerà mai; nun stai tradenn sulu quel sant omo ri Saro co chiddu barone fetuso, ma pure Roccuzzu e to matri. Otinni subito da iddu e spià perdono; chiddu chi ti voli tanto beni, scurderà tuttu»* (Se è vero quanto mi è stato detto, tu stai facendo quanto di peggio possa fare una donna sposata, stai commettendo un peccato mortale e Dio non ti perdonerà mai; non stai tradendo soltanto quel sant'uomo di Rosario con quello sporco barone, ma anche Rocco e tua madre. Va subito da lui e chiedigli perdono; vedrai che quell'uomo che ti vuole tanto bene, dimenticherà ogni cosa).

Quindi aggiunse: «*Si nun u fai u'ora, dimentica ri aviri 'na matri, non vogghiu cuittatiri cu na malafimmina; pi chista casa non c'è posto pi na arrusa*» (Se non lo farai e subito, dimenticati di avere una mamma, non voglio avere rapporti con una donna di malaffare; in questa casa non c'è posto per una prostituta).

Rosalia non sapeva cosa risponderle e tentò di nascondere la verità: «*Ma che stai a diri, cu r'issà chista farfantaria, certament quaccuno du paise che vui mali a mia e a tia*» (Ma che stai dicendo, chi ti ha detto questa bugia? Certamente qualcuno del paese che vuole male a me e anche a te).

«*E allora, giura avanti a Diu e o ritratto ri papà chi nun è vieru*» (E allora giurami davanti a Dio e sul ritratto di papà tuo che non è vero), le rispose la mamma.

Ma Rosalia non ebbe il coraggio di giurare e quando la madre andò via senza rivolgerle lo sguardo, si mise a riflettere su quale decisione prendere ora che la tresca era stata scoperta.

Restare col marito significava miseria, stenti e un'esistenza grama, andare a vivere stabilmente col barone le avrebbe invece assicurato, così come era stato fino a quel momento, una vita da gran signora e questa era la cosa che più contava, perché era stata l'aspirazione di tutta la sua vita.

Scelse quindi questa strada, fidandosi del fatto che il bambino, il suo *Roccuzzu*, non si sarebbe allontanato da lei e pensando che se si fosse mossa con accortezza l'amante, che non aveva discendenti, forse lo avrebbe potuto adottare e il figlio avrebbe acquisito quell'immenso patrimonio.

7. ROCCO LA RUSSA

Rocco era un bambino quanto mai sveglio, serio e intelligente e aveva anche un carattere fermo e deciso; non era facile ingannarlo e lui, nonostante la giovanissima età, aveva chiaramente in mente cosa doveva fare.

Il suo posto, ora che la mamma non era più con loro, era accanto al suo papà, e doveva mostrargli tutto il suo immenso affetto per non farlo sentire solo.

Aveva notato che da un poco di tempo era più chiuso e taciturno di prima e inoltre una volta, entrando nella sua bottega, si era accorto che stava piangendo.

Gli si era avvicinato, gli aveva preso la mano baciandola e gli aveva detto: «*Che cosa hai papà, cosa è successo? Forse non ti senti bene, hai bisogno di qualche cosa?*». Lui, soffiandosi il naso per nascondere le lacrime, gli aveva risposto di non preoccuparsi, perché era soltanto un po' raffreddato e andava tutto bene.

Ma Rocco capì che non era così, che la ragione era diversa e sapeva anche qual era, e giurò a se stesso che da quel momento avrebbe studiato ancora con più lena di prima per ottenere un titolo di studio importante e guadagnare tanto da non fargli fare più quel lavoro massacrante e fargli fare la vita del gran signore, quella che meritava.

Ora che aveva lasciato la casa, Rosalia non aveva modo di vedere più il figlio e per poterlo incontrare andava a scuola quando terminavano le lezioni e gli portava qualche regalino, ma il bambino non voleva trattenersi con lei, accennava soltanto un saluto e scappava via di corsa, senza prendere neanche ciò che lei gli aveva portato.

Nel ritornare a casa, che ora era l'abitazione del barone, Rosalia piangeva e si disperava per avere perduto l'affetto del suo adorato *Roccuzzo*, anche se in cuor suo sperava sempre di poterlo riconquistare; ma ad ogni modo non sarebbe mai più tornata da Rosario, anche se era certa che lui, nonostante quello che aveva fatto, l'avrebbe accolta a braccia aperte.

Non appena ebbe compiuto i tredici anni, dopo avere superato a pieni voti gli esami di licenza media, Rocco si iscrisse al quarto ginnasio di un liceo di Catania, dove giungeva, sempre puntuale ogni mattina, dopo avere percorso in bicicletta, in poco più di mezz'ora, i circa dodici chilometri che separavano il liceo dalla sua abitazione.

Molto spesso d'inverno entrava in classe fradicio di pioggia, con l'acqua che gli era entrata nel collo della camicia e nelle scarpe, e se ne stava in quelle condizioni tutta la mattinata ad ascoltare le lezioni, sempre attento, preciso e ordinato, annotando diligentemente tutto quanto gli insegnavano i suoi professori.

Quando ritornava a casa raccontava dettagliatamente al padre come era andata la giornata, gli argomenti trattati, le eventuali interrogazioni che gli erano state fatte e le votazioni avute; e il padre lo ascoltava, gli sorrideva e lo accarezzava teneramente pensando che se non avesse avuto lui, la sua vita non avrebbe avuto alcun significato.

Rocco era il migliore allievo della classe, così come lo era stato lui prima di fare il ciabattino; i suoi professori ammiravano il suo comportamento e il preside, venuto a conoscenza della precarietà delle loro condizioni economiche, era riuscito a fargli assegnare dal Provveditorato agli Studi di Palermo una borsa di studio, oltre che i libri di scuola gratuiti e l'esenzione totale dalle tasse scolastiche; era questo un modesto aiuto, ma comunque serviva poco a risollevare un poco il loro stato di indigenza e Rocco ne era molto contento, perché in tal modo gravava meno sul magro bilancio familiare.

Da un po' di tempo, la suocera di Rosario, nonna Agata, come la chiamava il nipote, essendo rimasta sola, era andata a vivere con loro e aveva portato anche lei qualche soldo, dando un contributo che, anche se modesto, era comunque importante per vivere meno stentatamente di prima.

Non aveva voluto vedere più la figlia da quando era andata a vivere col barone e ora attendeva alla cura della casa e della cucina con capacità e dedizione, ma soprattutto con quell'immenso amore che aveva per il suo nipote adorato.

Si sentiva orgogliosa di lui, così serio, assennato ed educato, che ragionava come un uomo maturo, che le era tanto affezionato e che le diceva che un giorno sarebbe diventato dottore, che la loro vita sarebbe cambiata, che sarebbero andati a vivere in una bella casa a Catania con vista sul mare, lontani da certa gente e da individui servili, meschini e privi di dignità, come erano gli abitanti di quella cittadina.

8. GLI ANNI SUCCESSIVI

Gli anni trascorsero veloci, Rocco prese la licenza liceale con una votazione altissima e si iscrisse, come aveva fortemente voluto, alla facoltà di Medicina e Chirurgia dell'Università di Catania.

Fu una serie ininterrotta di successi la sua carriera universitaria, e all'inizio dell'ultimo anno, quando aveva poco più di ventitré anni, gli mancavano soltanto quattro esami per la sospirata laurea.

La più importante materia da affrontare, quella per la quale mostrava il maggiore interesse, era Clinica Medica, che gli piaceva soprattutto perché pensava che esercitando quella professione avrebbe avuto la possibilità di aiutare la gente e magari salvare anche la vita di qualcuno.

E iniziò a seguire quel corso con quell'impegno e quella serietà che gli erano congeniali.

9. IL PROFESSORE ANDREOLI

Adriano Andreoli era il titolare della cattedra di Clinica Medica della facoltà di Medicina e Chirurgia dell'Università di Catania.

Era un uomo di grande stile e di un carisma eccezionale, di bell'aspetto, alto e snello, con i capelli grigio argentei lisci, occhi chiari, sempre molto ricercato nell'abbigliamento e soprattutto un gran signore.

Aveva origini piemontesi, ma si era da molti anni trasferito in Sicilia, che considerava la sua terra e che amava moltissimo.

Aveva sposato una nobildonna francese che si chiamava Jacqueline Tissot, figlia di un notissimo archeologo che aveva conosciuto in Sicilia tanti anni prima, quando lei aveva accompagnato il padre a visitare quei siti stupendi, come Piazza Armerina, Segesta, Selinunte e la valle del Templi, e da lei aveva avuto una figlia che si chiamava Marella.

Oltre a essere un clinico di chiara fama, il professore Andreoli era anche un biologo, un farmacologo e un ricercatore, noto per le numerose pubblicazioni riportate nelle riviste scientifiche specializzate e per gli interventi nei congressi di medicina a cui partecipava e di cui era spesso il relatore ufficiale.

Era anche un docente bravissimo, e svolgeva quest'attività con enorme passione, perché considerava una missione formare le nuove generazioni di medici ai quali un giorno sarebbe stata affidata la salute e spesso anche la vita delle persone.

Come insegnante era molto rigoroso, perché riteneva che dovesse andare avanti solo chi meritava, ma era giusto fino allo scrupolo e prima di assegnare il voto di esame guardava attentamente il curriculum dello studente e si informava dagli assistenti circa l'interesse che l'allievo aveva mostrato per la materia durante le esercitazioni, in modo da poter formulare alla fine un giudizio il più possibile equo.

Durante le sue lezioni, gli studenti lo ascoltavano in religioso silenzio, sia per il rispetto che egli con la sola sua presenza suscitava in tutti loro, che per le sue grandi capacità didattiche, perché esponeva i vari temi in maniera chiara e semplice, comprensibile per tutti, portando come esempio i molteplici casi che gli erano capitati nell'esercizio della professione.

Al termine di ogni lezione, che durava quarantacinque minuti esatti, si tratteneva in aula per un ulteriore quarto d'ora per chiedere ai suoi studenti se avessero domande da rivolgergli, se vi fosse qualcosa di poco chiaro e anche se qualcuno avesse delle eventuali osservazioni da fare.

10. L'ESAME E LA LAUREA DI ROCCO

In questo colloquio con gli allievi, il professore Andreoli aveva notato uno di essi, seduto sempre un poco defilato rispetto agli altri, che seguiva la lezione con un interesse particolare; annotava diligentemente su di un quaderno tutto ciò che lui diceva e faceva sempre delle osservazioni molto acute, anticipando anche le sue risposte.

Era ammirato e anche un poco sorpreso di vedere quel ragazzo tanto serio, preciso e ordinato, che aveva un abbigliamento quanto mai povero e dimesso, che denotava chiaramente il suo stato di indigenza; aveva notato infatti che aveva il collo e gli orli delle maniche della camicia molto lisi e diverse toppe sul vestito.

Fortemente incuriosito, dopo la lezione chiese a un suo assistente notizie su di lui, sul suo comportamento durante le esercitazioni e sul suo curriculum, e questi gli disse che il ragazzo, che si chiamava Rocco La Russa, era educato, disciplinato e preciso come nessun altro, perfettamente in regola cogli esami, nei quali aveva preso sempre il massimo dei voti.

Non si stupì il professore di quanto gli era stato riferito, perché aveva capito che quello studente aveva delle capacità non comuni e quando, qualche giorno dopo, terminò la sua lezione, lo chiamò e gli disse di seguirlo nel suo ufficio, perché voleva parlargli.

Una volta entrati, si sedette dietro la sua scrivania, lo invitò sulla sedia di fronte a lui e sorridendogli amabilmente, gli disse: «*Ho notato l'interesse con cui voi seguite le mie lezioni, la vostra serietà, la vostra compostezza e anche le osservazioni acute e intelligenti che fate; vi ho chiamato perché voglio complimentarvi con voi, anche perché ho visto che avete un curriculum universitario eccellente e che avete preso trenta e lode all'esame di Anatomia e questa è già un'ottima referenza, perché il professore che insegna questa materia non è il tipo da fare regali, ma è molto rigido e severo nei suoi giudizi*».

E Rocco rispose: «*La ringrazio per le parole di elogio che ha avuto nei miei riguardi, che mi stimolano a fare sempre meglio e mi inorgogliscono perché vengono dal mio professore. Io non sono di Catania, vengo ogni mattina in bicicletta da un paesino distante dodici chilometri da qui, perché non ho i soldi per pagare la corriera: appartengo a una famiglia molto povera, mio padre fa il ciabattino e io sento il dovere di fare un giorno per lui ciò che lui ha fatto e fa per me; ho quindi necessità di laurearmi il più presto possibile, perché il mio obiettivo, lo scopo della mia vita, è quello di non fargli fare più quel lavoro tanto faticoso e dargli un'esistenza migliore*». Aggiunse poi: «*La professione medica mi affascina moltissimo, perché penso che potrà darmi l'occasione di aiutare chi soffre, soprattutto le persone indigenti, e ritengo che riuscire magari a salvare una vita sia una cosa meravigliosa*».

Il professore lo guardò con sempre maggiore ammirazione e gli sorrise compiaciuto; quel ragazzo, che mostrava tanto affetto e rispetto per il proprio genitore, che vedeva la professione medica come un mezzo per aiutare il prossimo, che era un bravissimo studente, che parlava in un italiano così preciso e perfetto senza inflessioni dialettali, e che mostrava di avere sentimenti nobilissimi, meritava di essere aiutato, e lui lo avrebbe fatto.

Quando al termine del corso Rocco si presentò per sostenere l'esame di Clinica Medica, l'ultimo dei trentacinque previsti per il conseguimento della laurea, il professore gli chiese con quale argomento volesse iniziare l'interrogazione e lui gli rispose: «*Mi farebbe molto piacere trattare gli studi che si stanno facendo nella nostra facoltà, riguardanti l'impiego di prodotti non chimici ma naturali come i fitofarmaci, che si pensa di poter utilizzare per la terapia di talune patologie senza arrecare danni collaterali all'organismo*».

Era questo un tema che stava molto a cuore al professore Andreoli perché era stato proprio lui, primo in Italia, ad avere avuto l'intuizione di individuare certi prodotti naturali, il cui impiego, effettuato con la dovuta accortezza e nel giusto dosaggio, avrebbe addirittura potuto sconvolgere il mondo della farmacologia; questi parafarmaci, che avrebbero un giorno dato origine alla scoperta delle vitamine, erano stati sperimentati nell'istituto da lui diretto su cavie, dando risultati sorprendenti.

E più che un esame, fu un colloquio quello che si svolse tra il professore e Rocco, un colloquio della durata di oltre un'ora, in cui fu discusso quel tema tanto interessante in ogni dettaglio.

Al termine dell'esame, tra lo stupore dei presenti, il professore, dandogli del tu come non faceva mai con nessuno, lo elogiò dicendogli: «*Ti faccio i miei più vivi complimenti, meriti ampiamente il massimo dei voti e la lode, e quando tornerai a casa, dì a tuo padre da parte mia che deve sentirsi orgoglioso di avere un figlio come te, perché sei un ottimo studente e diventerai certamente un grande medico*».

Rocco lo ringraziò per gli elogi ricevuti e gli chiese se poteva svolgere la tesi di laurea nella sua materia e il professore gli rispose: «*Sono lieto di sentirmelo chiedere e l'argomento della tesi sarà proprio quello che ora abbiamo trattato*».

Dopo tre mesi, nell'aula magna della Facoltà di Medicina di Catania, dinnanzi a un pubblico costituito dai familiari dei neo laureati che affollava l'immenso salone, vennero proclamati Dottori in Medicina e Chirurgia quarantadue allievi e tra questi vi era Rocco.

Era riuscito per l'occasione a rimediare un abito decente prestatogli da un conoscente, mentre il padre che lo accompagnava portava il vestito che aveva indossato solo un'altra volta, cioè il giorno del matrimonio con Rosalia.

Dopo aver citato uno a uno i nomi dei neo laureati con le relative votazioni assegnate, il preside di facoltà, nel silenzio generale dei presenti, disse: «*Prima di chiudere questa seduta, devo dirvi un'ultima cosa: è un immenso piacere per i miei colleghi e per chi vi parla citare un nostro allievo, che unico nella storia del nostro glorioso ateneo di cui sono onorato di essere l'attuale preside, ha ottenuto il massimo dei voti in tutti gli esami sostenuti; siamo orgogliosi e lietissimi di avere avuto con noi questo giovane tanto bravo che si chiama Rocco La Russa*».

E mentre tutti lo acclamavano e i compagni lo abbracciavano, lo chiamò sul palco accanto a sé e gli strinse la mano calorosamente, dicendogli: «*Caro dottor La Russa, come vedete avete raggiunto un primato storico; sono certo che sarete un eccellente medico, degno della tradizione del nostro ateneo e della nostra amata Sicilia*».

Intervenne a questo punto il professore Andreoli che, sapendo dell'immenso affetto che Rocco provava per il padre e certo che quest'ultimo fosse presente, lo chiamò, e quando lui si alzò, gli disse: «*Caro signor La Russa, le assicuro che ognuno di noi vorrebbe avere un figlio come il suo Rocco che, per le sue qualità, ma certamente anche per gli insegnamenti ricevuti in famiglia, si è fatto onore, e faccio anche a lei, a nome di tutti i miei colleghi, tantissimi auguri*».

Rosario restò frastornato e commosso; non gli erano mai stati rivolti, nel corso della sua vita, elogi e parole di stima come quelle che gli aveva appena rivolto un personaggio tanto importante, a lui che era soltanto un povero ciabattino, che si arrabattava a portare avanti la famiglia con il suo umile lavoro.

E quando il figlio lo abbracciò e gli disse: «*Tutto ciò che ho fatto, lo devo a te, soltanto al mio grande e adorato papà che mi ha insegnato tante cose e che assieme a nonna Agata è la persona più cara al mondo*», gli vennero le lacrime agli occhi, e gli rispose: «*Come avrei fatto senza di te che mi dai tanto amore e tante soddisfazioni? Non cesserò mai di ringraziare Dio e ti benedico*».

E aggiunse poi: «*Devo dirti ancora un'altra cosa: ricorda sempre che il Signore vuole che noi perdoniamo chi ci ha fatto del male, così come lui perdona noi quando commettiamo qualche errore; molte volte chi sbaglia non lo fa per cattiveria, ma perché i casi della vita e i suoi istinti non ben controllati lo portano a fare qualcosa che certamente non avrebbe fatto in condizioni diverse*».

L'allusione alla persona cui intendeva riferirsi era chiara e Rocco capì perfettamente chi fosse.

Quella persona che nessuno e neanche loro avevano notato, era in quel momento in fondo a quell'aula, con in testa un foulard scuro che le ricopriva completamente il viso per non farsi riconoscere e piangeva sommessamente, tenendo un fazzoletto sulla bocca, forse pentita di non avere più l'affetto della mamma, di avere abbandonato il marito, ma soprattutto perduto l'amore di quel figlio, che ora la ignorava e non la riconosceva più come sua madre.

Ma prima che potesse essere riconosciuta da qualcuno, si affrettò ad andar via e ritornò in casa del barone, la sola dove ora poteva essere accolta.

11. LA CARRIERA DI ROCCO

Immediatamente dopo essersi laureato, il professore Andreoli lo chiamò per proporgli di entrare nel suo istituto come assistente ordinario, dove avrebbe ricevuto anche una discreta retribuzione.

Rocco accettò con entusiasmo questa proposta e iniziò a lavorare con lui, sia all'università, che nella sua clinica privata; e lavorando fianco a fianco col suo maestro, in poco tempo acquisì una grande esperienza e divenne il suo braccio destro.

Dopo tre anni, quando aveva soltanto ventisei anni, ottenne la libera docenza in Clinica Medica e divenne il più giovane professore universitario non solo del Regno delle due Sicilie, ma di tutta Italia.

Il professore aveva grande fiducia in lui e quando era impegnato fuori Catania per qualche consulto o per qualcosa che non poteva delegare ad altri, gli lasciava l'incarico di tenere la lezione all'università al suo posto e Rocco assolveva a questo compito, così come aveva imparato assistendo alle lezioni del suo maestro che, dopo il padre, stimava più di ogni altra persona.

Con i proventi che gli derivavano dal suo lavoro aveva iniziato a guadagnare più che discretamente e ora vestiva bene, anche perché la sua posizione e la vicinanza con il professore gli imponevano di farlo.

Con i primi soldi guadagnati potette quindi realizzare il suo sogno, quello che si era prefisso quando si era iscritto tanti anni prima al Liceo e poi all'Università, cioè lasciare il suo paese e portare con sé a Catania il padre e nonna Agata.

E un giorno, tornando a casa, si avvicinò al padre, e gli disse: «*Papà, dì ai tuoi clienti di trovarsi un altro ciabattino, perché da questo momento tu non svolgerai più questo lavoro massacrante, farai la vita che meriti, quella del gran signore; finalmente andiamo via da questo paese di lecchini, di gente meschina e senza dignità, e andremo a vivere in una bellissima casa con vista sul mare che ho acquistato a Catania, con un prestito concessomi dal dirigente dell'ufficio di ragioneria della Facoltà*».

E mentre il padre lo guardava sorpreso, aggiunse: «*Ho sottoscritto un'ora fa il compromesso e tra quindici giorni stipulerò il rogito notarile; quella sarà la tua casa, lì staremo sempre assieme e lì nonna Agata ci farà quei pranzetti che solo lei sa preparare. Sono felicissimo, oggi è il più bel giorno della mia vita, perché ho compiuto il mio dovere verso di te che, con l'esempio e i tuoi nobili sentimenti, mi hai consentito di raggiungere questo traguardo*».

12. IL FIDANZAMENTO E IL MATRIMONIO

La figlia del professore Andreoli si chiamava Marella e non viveva a Catania, perché studiava in un college svizzero, ma in occasione delle feste natalizie era tornata dai suoi per trattenersi fino all'Epifania, quando la scuola avrebbe riaperto i battenti.

La vigilia di Natale, Rocco, come faceva oramai da qualche anno, si recò a casa del suo maestro portando con sé uno splendido mazzo di rose rosse in un'elegante confezione per la signora Jacqueline.

Gli aprì la porta una ragazza che non aveva mai visto prima di allora. Era bella, fine, allegra e cordiale; gli fece un ampio sorriso e si presentò dicendo: «*Sono Marella Andreoli, ma non mi dica chi è lei, perché sono sicura di saperlo*».

Si fermò un istante, come se pensasse, quindi gli disse: «*Scommetto cento ducati che lei è il professore La Russa, la persona che papà stima tanto per le capacità, la signorilità e la serietà che ha; sono veramente lieta di conoscerla*».

Rocco le sorrise e accennando un inchino, rispose: «*Ha fatto centro, come Guglielmo Tell con la famosa mela. Sono molto lusingato dalle sue parole che però, mi consenta di dirle, sono alquanto esagerate; tutto ciò che so è frutto soltanto di quanto suo padre mi ha insegnato e io gli sarò sempre grato della sua benevolenza nei miei riguardi, che mi ha consentito di raggiungere traguardi insperati*».

Aggiunse quindi: «*Vorrei pregarla di una cosa: non mi chiami professore, il mio nome è Rocco e sarei onorato e felice se mi chiamasse così*». E lei rispose: «*E io mi chiamo Marella e sarei onorata e felice se mi chiamasse così*».

E con questa battuta si fecero una grossa risata.

Mentre parlavano giunse la signora Jacqueline e Rocco, nel vederla, si avvicinò, si inchinò, le baciò la mano e le porse i fiori dicendo: «*Mi sono permesso di portarle questo modesto omaggio che la prego di considerare come un segno di rispetto nei suoi riguardi e anche di riconoscenza per il mio professore che mi ha dato tanto; ho avuto oggi anche il piacere di conoscere sua figlia e ciò lo considero un grande privilegio*».

La signora conosceva perfettamente Rocco perché si recava frequentemente da loro per motivi legati alla comune attività col marito e talvolta si tratteneva anche a pranzo; apprezzò ancora una volta la sua gentilezza e soprattutto lo stile fine e garbato con cui si esprimeva.

Lo invitò a entrare nel salotto, lo fece accomodare e disse alla figlia: «*Mentre io do gli ordini alla cuoca per il pranzo, intrattieni tu il professore*».

Quando restarono soli, Marella, con il suo modo disinvolto di fare, cominciò a parlare a Rocco dei suoi studi nel college di Ginevra, di taluni insegnanti che definiva retrogradi e bacchettoni e di tanto altro.

"*Quanto è spigliata, intelligente e colta questa ragazza, così diversa da quelle del mio paese, chiuse e ignoranti*", pensava Rocco sentendola parlare. "*Anche nell'abbigliamento è l'esatto contrario di quelle donnette con le loro gonne svasate e larghe che arrivano fino alle caviglie e con quel velo scuro sulla testa che portano anche in casa.*"

Era restato sorpreso e gradevolmente colpito da lei.

Ma anche Marella aveva provato un'analoga sensazione, perché quel dottore tanto serio, posato e intelligente, che esprimeva concetti elevati e mostrava tanta cultura nei campi più disparati, come la letteratura, l'arte e le scienze, e parlava in un italiano forbito, le era piaciuto molto.

Iniziarono una fitta conversazione, dicendosi tante cose sui temi più svariati e, parlando sempre più intimamente, scoprirono che avevano gli stessi gusti, gli stessi sentimenti, gli stessi interessi culturali e anche lo stesso desiderio di stare insieme.

Si rividero il giorno dopo, quello successivo e quello dopo ancora, e quando Rocco le dichiarò il suo amore, Marella non ebbe un istante di esitazione, lo abbracciò e gli disse: «*Tu sei l'uomo della mia vita, sono felicissima di starti vicina per sempre*».

Marella non tornò più al college di Ginevra; sei mesi dopo si sposarono e dopo meno di un anno dal matrimonio nacque una coppia di gemelli, a cui furono dati i nomi di Rosario e Adriano, in omaggio ai due nonni.

13. LA MALATTIA DI DON VITO

Un giorno come tanti altri, don Vito, svegliandosi come di consueto alle sette precise del mattino, tentò di alzarsi dal letto, ma gli girava la testa; avvertiva una forte emicrania, sentiva di avere la febbre altissima, tossiva e faceva fatica a respirare.

Già da qualche giorno aveva avvertito qualche malessere, ma non vi aveva fatto caso più di tanto; la situazione però ora appariva fortemente peggiorata.

Premette il pulsante vicino al letto e chiamò il segretario, il fedele Tore, e gli ordinò di chiamare subito il suo medico personale, il dottore Sante Schifani, perché si sentiva malissimo.

Dopo meno di mezz'ora giunse il sanitario che lo visitò accuratamente e dopo avergli fatto una serie di domande, concluse: «*Illustre don Vito, dal quadro clinico che ho avuto modo di rilevare, risulta che lei ha una grave affezione bronco polmonare, probabilmente una pleurite che, se non curata tempestivamente e con idonei farmaci, può degenerare con conseguenze imprevedibili*».

Aggiunse quindi: «*Le faccio presente che non può curarsi in casa, ma deve essere immediatamente ricoverato in ospedale dove si potrà intervenire tempestivamente in caso di emergenze. Nella clinica medica della Facoltà di Medicina dell'Università di*

Catania vi è un centro specializzato in questo specifico settore, diretto da un bravissimo giovane medico, stimatissimo dal Rettore e dal Direttore per le grandissime capacità diagnostiche e terapeutiche che possiede; è lì che deve andare e se vuole sarò onorato di accompagnarla personalmente».

Una notizia peggiore il barone non avrebbe potuto riceverla, non solo per la gravità del suo stato di salute, ma perché lontano dalla sua cittadina contava poco o niente, non poteva dare ordini a nessuno, non poteva spadroneggiare, nessuno gli si sarebbe genuflesso e gli avrebbe baciato le mani e, anche se spaventatissimo, rispose: «*Io non mi allontanerò mai da casa mia, né ora né mai, qui sono nato e qui voglio morire. Fai preparare una camera attrezzata come e meglio che in ospedale e fa venire subito quel medico che mi dici che è tanto bravo. Non bado a spese e gli pagherò tutto quello che mi chiederà*».

Don Vito non poteva essere contraddetto, la sua volontà era legge per tutti e nessuno avrebbe mai osato fare o dire una cosa diversa da ciò che lui voleva, e il medico si piegò alla sua volontà, dicendogli con quel servilismo che caratterizzava gli abitanti di quella cittadina: «*Farò come vossia comanda, signor barone, chiamerò immediatamente quel medico, ma in attesa che lui venga, mi faccia la cortesia di prendere questi farmaci che serviranno a farle abbassare la febbre e a farla sentire un po' più sollevato*».

Don Vito, nonostante le condizioni in cui si trovava, non aveva perduto la sua alterigia, congedò il dottore con un cenno del capo e dette al segretario, che era stato presente alla visita, tutte le istruzioni del caso, aggiungendo: «*Accertati che Schifani abbia chiamato subito quel medico e non parlare a nessuno del mio stato di salute*».

14. LA VISITA DI ROCCO

Il primo impulso di Rocco, quando gli fu comunicato che era richiesta una sua visita a casa del barone di San Severo che si trovava in gravi condizioni di salute, fu di rifiutare.

Quell'uomo arrogante e malvagio, che si dava tante arie, aveva distrutto la sua famiglia, aveva fatto allontanare la mamma dalla casa, ma soprattutto aveva arrecato un dolore immenso al suo adorato papà, l'uomo che considerava la persona migliore al mondo.

Ma pensò anche che, in quanto medico, non poteva esimersi dal suo dovere, non poteva rifiutarsi di visitare un malato che forse avrebbe potuto salvare dalla morte, per cui, anche se molto a malincuore, partì alla volta della sua cittadina, che non vedeva ormai da quando cinque anni prima si era laureato.

Quando entrò nella camera di don Vito, questi lo scrutò attentamente e, sorpreso di avere davanti a sé il figlio della sua amante, gli disse: «*Ma iu ti conosco, tu si ri ca, tu si o figghiu ri donna Rosalia e ri scarparu*» (Ma io ti conosco, tu sei di qua, tu sei il figlio di donna Rosalia e del ciabattino).

Rocco lo guardò con freddezza e gli rispose prontamente: «*Lei si sbaglia, io sono il figlio del signor Rosario La Russa che è una persona per bene, che faceva l'artigiano con onestà e competenza e del quale mi sento onorato di essere il figlio; la invito inoltre a non darmi del tu, perché non sono un suo dipendente, e ad astenersi dall'usare termini irriguardosi nei confronti di mio padre, se non vuole che me ne vada immediatamente*».

Don Vito restò di sasso; nessuno aveva mai osato parlargli in quel modo, e soprattutto davanti ad altri, in questo caso il suo segretario, il dottor Schifani e l'assistente che Rocco aveva portato con sé, ma date le sue condizioni di salute e il tono fermo e deciso usato da quel *dottorino* che poteva salvargli la vita, non replicò come avrebbe fatto con chiunque altro.

Tentò di minimizzare la cosa, cercando di evidenziarne il lato scherzoso, ma Rocco non si soffermò più di tanto sulle sue parole concilianti e con fare distaccato e professionale si rivolse al suo assistente, dicendogli: «*Prepara cortesemente il paziente alla visita, aiutandolo a togliersi la giacca del pigiama e gli altri indumenti se non ce la fa da solo, mentre io vado a lavarmi le mani*».

Una volta ritornato presso il suo letto, lo visitò accuratamente, gli chiese di esporgli i suoi malesseri, se assumesse farmaci e tante altre cose, concludendo quindi: «*Il mio esimio collega dottor Schifani, come peraltro ne ero certo, ha fatto la giusta diagnosi, perché lei ha effettivamente la pleurite; si tratta di un malanno che non va sottovalutato, soprattutto alla sua età, che oggi può essere contrastato con farmaci molto efficaci, ma soprattutto con uno stile di vita adeguato alle gravi condizioni in cui si trova*».

Si fermò un istante, quindi aggiunse: «*Ho il dovere di farle presente che se trascurerà quanto le sto raccomandando e non assumerà i farmaci che le prescriverò, porrà presto fine ai suoi giorni; le ho espresso con tanta crudezza la mia prognosi esclu-*

sivamente nel suo interesse. Comunque, se non crede a quanto le ho detto, può ovviamente rivolgersi a tanti miei colleghi che sono più esperti di me».

Si rivolse quindi a Schifani, e ignorando completamente il barone, gli disse: «*Se il tuo paziente vuole che io continui a occuparmi della sua salute, tienimi al corrente del decorso della malattia, e se ci dovessero essere novità, chiamami. Ti sono grato per la tua collaborazione*».

E senza aggiungere altro, si alzò, prese la sua borsa e salutò con un lieve cenno del capo don Vito, lasciando sul comodino la busta con il denaro che il barone gli aveva fatto preparare.

15. LA REAZIONE DEL BARONE

Quando Rocco andò via, don Vito congedò il dottor Schifani e il segretario e restò solo con i suoi pensieri.

Era infuriato, ma soprattutto esterrefatto per il comportamento del figlio di Rosalia, che lo aveva trattato non solo senza quel rispetto che riteneva gli fosse dovuto, ma addirittura con distacco e freddezza; non gli aveva neanche teso la mano quando era andato via e infine, cosa forse ancora più grave, aveva rifiutato il denaro che gli aveva fatto preparare.

Pensava che Rocco si fosse comportato così perché lo detestava per la sua relazione con la madre, ma si rendeva conto allo stesso tempo che non era così, perché il figlio di Rosalia, lo si capiva chiaramente, non era un *ominicchio* (un ometto) come tutti gli altri, che si prendeva delle soddisfazioni per vendetta, ma aveva un carattere forte e risoluto, era diverso da quella massa di servi che si genuflettevano al suo passaggio e inoltre, come medico, sapeva il fatto suo, era esperto, serio e preparato.

Se voleva evitare *la fine dei suoi giorni*, come gli aveva detto Rocco, doveva fare una vita diversa, doveva rinunziare a quel "privilegio" che gli consentiva di godere delle donne del paese prima dei legittimi consorti; doveva dedicarsi ora soltanto a Rosalia, che anche se aveva superato i quarant'anni, era sempre quella donna procace e desiderabile di prima.

16. IL DECORSO DELLA MALATTIA DEL BARONE

Grazie alle cure a cui venne sottoposto, il barone guarì presto dal suo male, che non era stata una cosa da niente, come gli era stato diagnosticato da Rocco, ma le sue condizioni non erano più quelle di prima e i suoi bollori si erano molto attenuati.

Da qualche tempo tralasciava anche un poco la cura della sua azienda che aveva lasciato nelle mani di Tore, il suo fido segretario, che lo teneva informato dettagliatamente ogni sera di come andassero le cose.

E poiché tutto sembrava procedere nel migliore dei modi, lui tutto sommato era abbastanza sereno, anche se con quel tarlo nel cervello circa il figlio che doveva cercare di avere il più presto possibile.

E più passava il tempo, più la cosa appariva difficile.

Aveva anche pensato di nominare suo erede universale il figlio di Rosalia, la quale con molto tatto e circospezione gliene parlava sempre, ma il suo avvocato gli aveva fatto presente che una cosa del genere avrebbe comportato un lungo e complicato contenzioso con i fratelli, che avrebbero contrastato, molto probabilmente con successo, quanto lui aveva in mente di fare.

E poi Rocco, venuto a conoscenza della cosa, aveva esplicitamente dichiarato all'avvocato che gli aveva riferito le intenzioni di don Vito: «*Dica al suo cliente che non accetto nulla da nessuno, io vivo del mio lavoro e ritengo che il danaro debba essere frutto di fatica e di sudore, non provenire da un destino fortunato o da elargizioni che, soprattutto nel caso specifico, non sono gradite né tantomeno richieste*».

E don Vito, venuto a sapere delle parole di Rocco, fu costretto a prendere atto di avere ricevuto un'altra lezione di stile e di dignità da quell'uomo che non soltanto non subiva le sue angherie, ma che addirittura non cessava di sfidarlo in ogni occasione.

17. LA MALATTIA DI ROSALIA

Un giorno Rosalia si ammalò gravemente; aveva avvertito già da qualche tempo dei disturbi all'addome e al basso ventre, ma non vi aveva dato molta importanza, attribuendoli alla menopausa che poteva secondo lei averle provocato questi disturbi.

Non ne aveva fatto cenno con nessuno e neppure col suo amante che da quando era guarito dalla pleurite stava soltanto con lei.

Quell'uomo tanto altero e sprezzante, che aveva trattato tutti con distacco e chiamato *servi* i suoi dipendenti, forse per l'età o forse per aver visto la morte vicina, sembrava ora un poco cambiato; non aveva più quel tono arrogante di prima e trattava i suoi dipendenti in maniera meno disumana.

Vedeva Rosalia sfiorire giorno dopo giorno e provava dentro di sé un immenso dolore; la ricordava tanto bella, così procace, attiva e allegra, e ora si trovava in quello stato: era dimagrita in maniera impressionante, non aveva più quegli occhi pieni di vita, i capelli erano ingrigiti e le mani talvolta le tremavano.

Sentiva di dover fare qualcosa, non poteva perdere altro tempo, non poteva restare inerte limitandosi a farle somministrare quei farmaci che il dottor Schifani le prescriveva e che non portavano alcun miglioramento.

Prese quindi la sua decisione, sicuro di operare nel modo giusto, perché sapeva che per Rosalia rivedere dopo tanto tempo il figlio sarebbe stato il più grande dono che potesse ricevere, e poi pensava che era l'unico che potesse salvarla.

Chiamò il suo segretario e gli ordinò di recarsi immediatamente a Catania dal professore Rocco La Russa, scongiurandolo di venire il più presto possibile, perché la mamma era ammalata e aveva bisogno di lui.

Non gli disse di riferirgli che gli avrebbe pagato qualunque onorario avesse richiesto, perché sapeva bene che il figlio di Rosalia, come peraltro aveva dimostrato in un'altra occasione, non aveva alcun interesse per il denaro e comunque non avrebbe mai accettato soldi da lui.

Quando il segretario, dopo poco più di un'ora, giunse a Catania, Rocco aveva da poco terminato la sua lezione all'Università e si accingeva ad andare dal Preside di Facoltà per esporgli un suo progetto riguardante la creazione nell'istituto di clinica medica da lui diretto di alcuni laboratori sperimentali per la cura di talune patologie fino a quel momento inguaribili, così come quelli avanzatissimi già esistenti in alcuni paesi del Nord Europa, come la Gran Bretagna, la Svezia e la Danimarca.

Si trattava di un'iniziativa non solo importantissima sotto il profilo della ricerca scientifica, ma che aumentava enormemente il prestigio di quell'ateneo che, con tale realizzazione, si poneva quasi alla pari con i più illustri istituti universitari di ricerca d'Europa.

Ma quando Rocco vide il segretario di don Vito che gli

riferì il messaggio del suo principale, non esitò un istante, prese soprabito, guanti e cappello e salì sul calesse di Tore per recarsi dalla madre malata.

Non la vedeva oramai da moltissimo tempo, perché il giorno in cui si era laureato non aveva notato quella donna in abito scuro col viso coperto da un foulard che piangeva sommessamente in fondo all'Aula Magna dell'Università, dove era stato proclamato Dottore in Medicina e Chirurgia ed era stato tanto elogiato dal preside di facoltà e dai professori.

Quando Rocco entrò nella camera della mamma, lei sonnecchiava su di una poltrona, con una pesante coperta addosso, e nella penombra della stanza da letto, quasi non la riconobbe.

Le si avvicinò lentamente e a quel punto Rosalia aprì gli occhi e, vedendo il figlio, ebbe la sensazione di sognare, non le sembrava possibile che Rocco, il suo *Roccuzzo*, che non vedeva da tanto tempo, ma che teneva sempre nel cuore, fosse lì accanto a lei; gli tese le braccia a fatica e lui, dimenticando in quel momento tutto il male che aveva fatto a lui, ma soprattutto al suo papà adorato, si chinò, l'abbracciò stretta a sé e si mise a piangere come un bambino.

Rimasero a lungo così uniti e tra le lacrime la mamma gli disse: «*Roccuzzo miu, quanto si caru a vienìri da to matri chi stà murenno. Mi hannu rittu che diventasti 'n dutturi bravissimo, chi ti si spusato cu 'na fimmina biedda e bona, chi hai ri figghi assai belli e chistu pe mia è 'n piacere grandissimo*» (Roccuzzo mio, quanto sei stato caro a venire da mamma tua che sta morendo. Mi hanno detto che sei diventato un medico bravissimo, che ti sei sposato con una donna bella e buona e che hai dei figli meravigliosi e questo è per me un grandissimo piacere).

Aggiunse ancora: «*Nun sunnu stata 'na bbona matri pi tia e mancu 'na bona mughieru e spio perdono a tia e to patri; e ti dico nutra cuosa: sonnu cuntenta ri suffrìri e murìri, accussì sconto i peccati mia, chi sunnu stati brutti assai*» (Non sono stata una buona madre e neanche una buona moglie e chiedo il perdono tuo e di papà; e ti dico un'altra cosa: sono contenta di soffrire e di morire, così sconto i miei peccati, che sono stati brutti).

Rocco le si sedette accanto, la guardò teneramente e tenendole le mani nelle proprie, le rispose: «*Il passato non esiste più, tu sei la mia mamma e io ti vorrò sempre bene, e quando sarai guarita, ti farò conoscere mia moglie e i miei figli che saranno felicissimi di vedere la loro nonna*».

Era questa una pietosa bugia, perché soltanto guardandola, quando era entrato nella sua stanza, aveva capito che la mamma, con quel male che aveva, non aveva più molto da vivere.

Quando ritornò a casa e riferì alla moglie, con un'immensa tristezza nel cuore, che era stato dalla mamma e quello che si erano detti, lei gli propose di mandare i figli a trovarla e gli disse ancora che sarebbe stata anche lei lieta di andare a conoscerla, ma Rocco rispose che oramai era troppo tardi.

I funerali di Rosalia vennero fatti quindici giorni dopo.

In prima fila era don Vito, solo, con la testa abbassata, distrutto dal dolore per la perdita dell'unica donna che aveva amato veramente nella sua vita; e qualche metro più indietro vi era Rocco con la moglie e i figli.

E in fondo al corteo, confuso tra la folla strabocchevole che seguiva il feretro, vi era un altro uomo, molto anziano, che si appoggiava a un bastone, con un cappotto scuro e un fazzoletto premuto sul viso per nascondere le lacrime che non riusciva a trattenere.

Nonostante l'immenso dolore che gli era stato arrecato, l'ex ciabattino, con la sua grandissima nobiltà d'animo, aveva perdonato quella donna che lo aveva tradito, e ora sentiva di amarla ancora, come e forse anche più del giorno in cui l'aveva incontrata la prima volta, tanti e tanti anni prima.

POST SCRIPTUM

Chiedo scusa al lettore se nello scrivere questa storia mi sono concesso qualche licenza grammaticale e sintattica, dimenticando ciò che mi avevano insegnato i professori a scuola tanti anni fa, ma mi è sembrato che in tal modo chi legge questa storia possa immedesimarsi più profondamente nelle varie situazioni narrate, comprendendo meglio i sentimenti dei protagonisti e le loro azioni.

- Indice -

LA STORIA DI ROCCO

Presentazione del racconto 128
1. Il barone di San Severo 131
2. Rosario La Russa 139
3. Rosalia Scicchitano 142
4. Il matrimonio di Rosario e Rosalia 146
5. La relazione con il barone 148
6. I rapporti tra Rosario e Rosalia 150
7. Rocco La Russa 153
8. Gli anni successivi 156
9. Il professore Andreoli 157
10. L'esame e la laurea di Rocco 159
11. La carriera di Rocco 165
12. Il fidanzamento e il matrimonio 167
13. La malattia di don Vito 170
14. La visita di Rocco 172
15. La reazione del barone 175
16. Il decorso della malattia del barone 176
17. La malattia di Rosalia 178
Post scriptum 183

Albatros